A MÁQUINA DO TEMPO

Uma invenção

Título original: *The time machine*
Copyright © Editora Lafonte Ltda., 2021

Todos os direitos reservados.
Nenhuma parte deste livro pode ser reproduzida sob quaisquer
meios existentes sem autorização por escrito dos editores.

Direção Editorial	Ethel Santaella
Tradução	Débora Ginza
Revisão	Rita Del Monaco
Texto de capa	Dida Bessana
Diagramação	Demetrios Cardozo
Imagens de capa	Shutterstock

Dados Internacionais de Catalogação na Publicação (CIP)
(Câmara Brasileira do Livro, SP, Brasil)

Wells, H. G., 1866-1946
  A máquina do tempo / H. G. Wells ; tradução Débora Ginza. -- São Paulo : Lafonte, 2020.

  Título original: The time machine
  ISBN 978-65-5870-037-1

  1. Ficção científica inglesa I. Título.

20-49015   CDD-823.914

Índices para catálogo sistemático:

1. Ficção científica : Literatura inglesa   823.914

Cibele Maria Dias - Bibliotecária - CRB-8/9427

Editora Lafonte
Av. Profª Ida Kolb, 551, Casa Verde, CEP 02518-000
São Paulo - SP, Brasil – Tel.: (+55) 11 3855-2100
Atendimento ao leitor (+55) 11 3855-2216 / 11 3855-2213 – atendimento@editoralafonte.com.br
Venda de livros avulsos (+55) 11 3855-2216 – vendas@editoralafonte.com.br
Venda de livros no atacado (+55) 11 3855-2275 – atacado@escala.com.br

Impressão e Acabamento
Gráfica Oceano

A MÁQUINA DO TEMPO

Uma invenção

tradução
Débora Ginza

Lafonte

Brasil – 2021

I	Introdução
II	A Máquina
III	O Retorno do Viajante do Tempo
IV	Viagem no Tempo
V	Era de Ouro
VI	O Crepúsculo da Humanidade
VII	Um Choque Súbito
VIII	Explicação
IX	Os Morlocks
X	Ao Chegar a Noite
XI	O Palácio de Porcelana Verde
XII	Na Escuridão
XIII	A Armadilha da Esfinge Branca
XIV	Visão de Futuros Distantes
XV	O Retorno do Viajante do Tempo
XVI	Depois da História
	Epílogo

CAPÍTULO I
Introdução

O VIAJANTE DO TEMPO (POIS SERÁ CONVENIENTE CHAMÁ-LO dessa forma) estava nos explicando um assunto obscuro. Seus olhos cinza-claros brilhavam e cintilavam, e seu rosto geralmente pálido estava vermelho e animado. As brasas na lareira queimavam intensamente, e o brilho suave das lâmpadas incandescentes no candelabro de lírios de prata capturavam as bolhas que brilhavam e passavam por nossos copos. Nossas cadeiras, que foram projetadas por ele, nos abraçavam e acariciavam, em vez de servirem como simples assentos, e havia aquela luxuosa atmosfera após o jantar, quando o pensamento corre graciosamente livre dos obstáculos da precisão. E o Viajante do Tempo falou sobre o assunto marcando os pontos com o esguio dedo indicador, enquanto nos sentávamos e preguiçosamente admirávamos sua maneira séria e engenhosa de desenvolver esse novo paradoxo (como nos parecia).

— Os senhores devem me acompanhar com cuidado. Terei de contestar uma ou duas ideias que são quase que universalmente aceitas. A geometria, por exemplo, que eles ensinaram na escola é baseada em um equívoco.

— Não acha que é demais esperar que comecemos com esse assunto? – disse Filby, uma pessoa argumentativa de cabelo vermelho.

— Não pretendo pedir ao senhores que aceitem algo sem um fundamento razoável. Logo irão admitir o quanto eu preciso de vocês. Os senhores sabem, é claro, que uma linha matemática, uma linha de espessura zero, não tem existência real. Não foi assim que lhes ensinaram? Nenhuma delas tem um plano matemático. Essas coisas são meras abstrações.

— Está tudo certo — disse o psicólogo.

— Nem um cubo tendo apenas comprimento, largura e espessura, pode ter uma existência real.

— Aí eu me oponho — disse Filby. — Claro que pode existir um corpo sólido. Todas as coisas reais...

— É o que a maioria das pessoas pensa. Mas espere um momento. Pode existir um cubo instantâneo?

— Não acompanhei seu raciocínio — disse Filby.

— Será que um cubo que não dura por muito tempo pode ter uma existência real?

Filby ficou pensativo.

— Evidente que sim — continuou o Viajante do Tempo. — Qualquer corpo real deve ter extensão em quatro direções. Ele deve ter comprimento, largura, espessura e duração. Mas, durante uma enfermidade natural da carne, que explicarei aos senhores a seguir, tendemos a ignorar esse fato. Na verdade, existem quatro dimensões, três que chamamos de três planos do Espaço e uma quarta, chamada Tempo. Há, no entanto, uma tendência de fazer uma distinção irreal entre as primeiras três dimensões e a última, porque acontece que nossa consciência se move intermitentemente em uma direção, ao longo da última dimensão, do início ao fim de nossas vidas.

– Isso – disse um homem muito jovem, fazendo esforços espasmódicos para reacender o charuto sobre a chama da lamparina; – isso está muito claro, de fato.

– Agora, é notável que isso seja completamente ignorado – continuou o Viajante do Tempo, com um leve acréscimo de empolgação. – Realmente é isso que se entende por Quarta Dimensão, embora algumas pessoas que falam sobre a Quarta Dimensão não saibam o que querem dizer. É apenas outra maneira de olhar para o Tempo. Não há diferença entre o Tempo e qualquer uma das três dimensões do Espaço, exceto que nossa consciência se move ao longo dele. Mas algumas pessoas tolas entenderam o lado errado dessa ideia. Todos os senhores já ouviram o que falam sobre a Quarta Dimensão?

– Eu não – disse o prefeito provincial.

– É simplesmente isso. Nossos matemáticos consideram que este espaço tem três dimensões, que podemos chamar de comprimento, largura e espessura, e é sempre definível em referência a três planos, cada um em um ângulo reto em relação aos outros. Mas alguns filósofos têm se perguntado por que três dimensões em particular, por que não outra direção em ângulo reto em relação às outras três? Até tentei construir uma geometria quadridimensional. O professor Simon Newcomb estava expondo isso à Sociedade de Matemática de Nova York há mais ou menos um mês. Os senhores sabem como podemos, numa superfície plana, que tem apenas duas dimensões, representar a figura de um sólido tridimensional; e da mesma forma eles pensam que através de modelos de três dimensões poderiam representar um modelo de quatro, se eles pudessem dominar a perspectiva da coisa. Conseguem entender?

– Acho que sim – murmurou o prefeito provincial; e, franzindo as sobrancelhas, ele caiu em estado introspectivo, seus lábios se movendo como quem repete palavras místicas. – Sim, acho que entendo agora – disse ele depois de algum tempo, alegrando-se de uma forma bastante transitória.

– Bem, eu não me importo de dizer que estou trabalhando nesta geometria das Quatro Dimensões há algum tempo. Alguns dos meus resultados são curiosos. Por exemplo, aqui está o retrato de um homem aos 8 anos, outro retrato aos 15, outro aos 17, outro aos 23 e assim por diante. Todos eles são evidentemente seções, por assim dizer, representações tridimensionais do ser quadridimensional dele, que é uma coisa fixa e inalterável.

– Os cientistas – prosseguiu o Viajante do Tempo, após a pausa necessária para a devida assimilação disso, – sabem muito bem que o Tempo é apenas uma espécie de Espaço. Aqui está um diagrama científico popular, um registro do tempo. Esta linha que traço com o dedo mostra o movimento do barômetro. Ontem estava bem alto, ontem à noite caiu, então nesta manhã subiu novamente, e depois suavemente subiu até aqui.

Certamente o mercúrio não traçou essa linha em nenhuma das dimensões do Espaço geralmente reconhecidas, correto? Mas, com certeza ele traçou essa linha e, portanto, devemos concluir que essa linha estava ao longo da Dimensão do Tempo.

— Mas — disse o médico, olhando fixamente para uma brasa no fogo, — se o Tempo é realmente apenas uma quarta dimensão do Espaço, por que é — e por que sempre foi — considerado algo diferente? E por que não podemos nos mover no Tempo como nos movemos nas outras dimensões do Espaço?

O Viajante do Tempo sorriu. — O senhor tem certeza de que podemos nos mover livremente no Espaço? Podemos ir para a direita e para a esquerda, para frente e para trás com bastante liberdade, e os homens sempre o fizeram. Admito que nos movemos livremente em duas dimensões. Mas e quanto a subir e descer? A gravitação nos limita quanto a isso.

— Não exatamente — disse o médico. — Existem os balões.

— Mas antes dos balões, exceto pelos saltos espasmódicos e as desigualdades da superfície, o homem não tinha liberdade de movimento vertical.

— Mesmo assim, eles podiam se mover um pouco para cima e para baixo — disse o médico.

— Mais fácil, muito mais fácil descer do que subir.

— E você não pode se mover no Tempo, não pode fugir do momento presente.

— Meu caro, é aí que o senhor se engana. É exatamente aí

que o mundo se engana. Estamos sempre nos distanciando do momento presente. Nossas existências mentais, que são imateriais e não têm dimensões, deslocam-se ao longo da Dimensão do Tempo com uma velocidade uniforme do berço ao túmulo. Assim como viajaríamos para baixo se começássemos nossa existência 50 milhas acima da superfície da terra.

– Mas a grande dificuldade é essa – interrompeu o Psicólogo. – Podemos nos mover em todas as direções do espaço, mas não podemos fazer o mesmo no tempo.

– Esse é o gérmen da minha grande descoberta. Porém, o senhor está errado em dizer que não podemos nos mover no tempo. Por exemplo, se estou me lembrando de um incidente muito vividamente, volto ao instante de sua ocorrência: fico distraído, como dizem. Volto por um momento. É claro que não temos meios de permanecer lá por qualquer período de tempo, assim como um selvagem ou animal não consegue permanecer por muito tempo a dois metros do solo. Mas um homem civilizado está em melhor situação do que o animal selvagem nesse aspecto. Ele pode lutar contra a gravidade em um balão, e por que não deveria esperar que, em última análise, possa parar ou acelerar sua deriva ao longo da Dimensão do Tempo ou mesmo virar e viajar para o outro lado?

– Oh, isso não – começou Filby, – é tudo...

– Por que não? – disse o Viajante do Tempo.

– É contra a razão – disse Filby.

— Que razão? – disse o Viajante do Tempo.

— Você pode demonstrar que preto é branco por argumento – disse Filby, – mas nunca irá me convencer.

— Possivelmente não – disse o Viajante do Tempo. – Mas agora você começa a ver o objeto de minhas investigações sobre a geometria das Quatro Dimensões. Há muito tempo, tive uma vaga noção de uma máquina.

— Para viajar no tempo! – exclamou o rapaz.

— Ela deve viajar indiferentemente em qualquer direção do espaço e do tempo, conforme o motorista determinar.

Filby se contentou em rir.

— Mas tenho prova experimental – disse o Viajante do Tempo.

— Seria extremamente conveniente para o historiador – sugeriu o psicólogo. – É possível viajar para o passado e verificar o relato aceito da Batalha de Hastings, por exemplo!

— Você não acha que atrairia a atenção? – disse o médico.

— Nossos ancestrais não toleravam muito os anacronismos.

— É possível aprender grego dos próprios lábios de Homero e Platão – pensou o rapaz.

— Nesse caso, quando você voltasse, eles certamente iriam reprová-lo nos exames para a faculdade porque os estudiosos alemães melhoraram muito o grego.

— Então existe o futuro — disse o rapaz. — Imagine! É possível investir todo o seu dinheiro, deixá-lo acumular com juros e usá-lo no futuro!

— Para descobrir uma sociedade — disse eu — construída numa base estritamente comunista.

— É a teoria mais estranha e extravagante que já ouvi! — começou o psicólogo.

— Sim, assim me pareceu, então nunca falei sobre isso até...

— Provas experimentais! — gritei. — Você vai provar isso?

— O experimento! — gritou Filby, que estava ficando com o cérebro cansado.

— Vamos ver seu experimento de qualquer maneira — disse o psicólogo — embora seja tudo uma farsa, como todos já sabem.

O Viajante do Tempo sorriu para nós. Então, ainda com um pequeno sorriso no rosto e com as mãos enfiadas nos bolsos das calças, ele saiu lentamente da sala e ouvimos seus chinelos arrastando-se pelo longo corredor até o laboratório.

O psicólogo olhou para nós. — O que será que ele foi buscar?

— Algum golpe de magia ou outra coisa — disse o médico, e Filby tentou nos contar sobre um feiticeiro que ele vira em Burslem, mas antes de terminar seu prefácio, o Viajante do Tempo voltou e a anedota de Filby ficou inacabada.

CAPÍTULO II

A Máquina

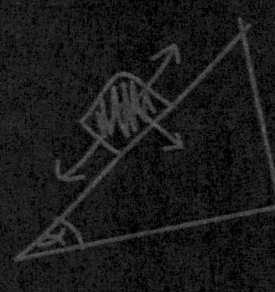

O objeto que o Viajante do Tempo segurava era uma estrutura metálica brilhante, um pouco maior que um pequeno relógio, e feita com muita delicadeza. Havia marfim nele e alguma substância cristalina transparente. E agora devo ser explícito pois o que se segue, a menos que a explicação dele seja aceita, é uma coisa absolutamente inexplicável. Ele pegou uma das pequenas mesas octogonais que estavam espalhadas pela sala e colocou-a em frente ao fogo, com as duas pernas sobre o tapete da lareira. Sobre essa mesa ele colocou o mecanismo. Então ele puxou uma cadeira e sentou-se. O outro objeto sobre a mesa era uma pequena lâmpada que fazia sombra e cuja luz brilhante incidia sobre o modelo. Havia também cerca de uma dúzia de velas acesas, duas em castiçais de bronze sobre a lareira e várias em arandelas, de modo que a sala estava brilhantemente iluminada. Sentei-me em uma poltrona baixa perto da lareira e puxei-a para frente de modo a ficar quase entre o Viajante do Tempo e a lareira. Filby estava sentado atrás dele, olhando por cima do ombro. O médico e o prefeito provincial o observavam de perfil do lado direito, o psicólogo do lado esquerdo. O rapaz ficou em pé atrás do psicólogo. Estávamos todos em alerta.

Nessas condições, parece-me inacreditável que poderíamos ser ludibriados com qualquer tipo de truque, por mais que sutilmente concebido e habilmente executado.

O Viajante do Tempo olhou para todos nós e depois para o mecanismo.

– E, então? – disse o psicólogo.

– Este pequeno objeto – disse o Viajante do Tempo, apoiando os cotovelos sobre a mesa e pressionando as mãos sobre o aparelho – é apenas um modelo. É meu projeto para uma máquina que viaje no tempo. Vocês irão notar que parece singularmente torto, e que há um aspecto estranho e cintilante nesta barra, como se fosse de alguma forma irreal. – Ele apontou para a parte com o dedo. – Além disso, aqui temos uma pequena alavanca branca e aqui temos outra.

O médico levantou-se da cadeira e deu uma espiada no aparelho. – É muito bem feito – ele disse.

– Levei dois anos para construir – respondeu o Viajante do Tempo. Então, quando todos nós já tínhamos imitado a ação do médico, ele disse: – Agora quero que vocês entendam claramente que esta alavanca, ao ser pressionada, faz a máquina deslizar para o futuro, e esta outra inverte o movimento. Esta sela representa o assento de um viajante do tempo. Agora vou pressionar a alavanca e lá se irá a máquina. Ela irá sumir, passará para um tempo futuro e desaparecerá. Olhem bem para ela. Olhem bem também para a mesa e tenham certeza de que não há nenhuma trapaça. Não quero desperdiçar este modelo e depois ouvir alguém dizer que sou um charlatão.

Houve talvez uma pausa de um minuto. O psicólogo parecia prestes a falar comigo, mas mudou de ideia. Então, o Viajante do Tempo apontou o dedo em direção à alavanca. – Não – disse ele de repente. – Empreste-me sua mão. – E virando-se para o psicólogo, ele pegou a mão do sujeito e pediu que ele estendesse o dedo indicador. E foi assim que o próprio psicólogo enviou o modelo da Máquina do Tempo em sua interminável viagem. Todos nós vimos a alavanca girar. Tenho certeza de que não houve trapaça. Houve um sopro de vento, e a chama da lâmpada saltou. Uma das velas sobre a lareira foi apagada e a pequena máquina girou de repente, tornou-se indistinta, foi vista como um fantasma por um segundo, talvez, como um redemoinho de bronze e marfim fracamente cintilantes; e ela se foi... desapareceu! Exceto pela lâmpada, a mesa estava vazia.

Todos ficaram em silêncio por um minuto. Filby ficou estagnado.

O psicólogo recuperou-se de sua letargia e, de repente, olhou embaixo da mesa. Depois disso, o Viajante do Tempo deu um grande sorriso.

– Bem? – disse ele, com uma reminiscência do psicólogo. Então, levantou-se e foi até o pote de tabaco sobre a lareira e, de costas para nós, começou a encher seu cachimbo.

Olhamos um para o outro.

– Olhe aqui – disse o médico, – você está falando sério sobre isso? Você acredita seriamente que essa máquina viajou no tempo?

– Certamente – disse o Viajante do Tempo, abaixando-se para pegar um pedaço de brasa na lareira. Então ele se virou, acendendo seu cachimbo, para olhar o rosto do psicólogo. (O psicólogo, para mostrar que não estava confuso, serviu-se de um charuto e tentou acendê-lo sem cortar.) – Além do mais, estou com uma máquina grande quase pronta – e ele indicou o laboratório – e quando ela estiver montada, pretendo fazer uma jornada por conta própria.

– Você quer dizer que aquela máquina viajou para o futuro? – disse Filby.

– Para o futuro ou para o passado, eu não sei bem, com certeza.

Após um intervalo, o psicólogo teve uma inspiração: – Deve ter ido para o passado se foi para algum lugar – disse ele.

– Por quê? – disse o Viajante do Tempo.

– Porque presumo que não se moveu no espaço, e se viajasse para o futuro, ainda estaria aqui todo esse tempo, pois deve ter viajado por esse tempo.

– Mas – eu disse – se ela viajasse para o passado, teria sido visível quando entramos pela primeira vez nesta sala; e na quinta-feira passada quando estivemos aqui; e na quinta anterior; e assim por diante!

— Graves objeções — disse o prefeito provincial, com ar de imparcialidade, voltando-se para o Viajante do Tempo.

— Nem um pouco — respondeu o Viajante do Tempo, e olhando para o psicólogo: — O senhor acha que pode explicar isso. É uma percepção abaixo do limite, um tanto diluída.

— Claro — disse o psicólogo, nos tranquilizando. — Esse é um ponto simples da psicologia. Eu deveria ter pensado nisso. É bastante claro e ajuda o paradoxo deliciosamente. Não podemos ver isso, nem podemos apreciar essa máquina, assim como não podemos ver o raio de uma roda girando, ou uma bala voando pelo ar. Se estiver viajando no tempo cinquenta ou cem vezes mais rápido do que nós, se passar um minuto enquanto passamos um segundo, a impressão produzida será, obviamente, de apenas um quinquagésimo ou um centésimo do que seria se ela estivesse aqui imóvel. Isso é bastante claro. — Ele passou a mão pelo espaço onde a máquina tinha estado. — Entendem? — ele disse, sorrindo.

Sentamos e olhamos para a mesa vazia por um minuto ou mais. Então o Viajante do Tempo pediu nossa opinião.

— Parece bastante plausível esta noite — disse o médico. — Mas espere até amanhã. Espere pelo bom senso da manhã.

— O senhor gostaria de ver a própria Máquina do Tempo?

– perguntou o Viajante do Tempo. E, ao dizer isso, pegou o lampião em suas mãos e seguiu na frente pelo corredor longo e arejado até seu laboratório. Lembro-me vividamente da luz cintilante, de sua estranha cabeça larga em silhueta, a dança das sombras, como todos nós o seguimos, perplexos, mas incrédulos, e como lá no laboratório vimos uma edição maior do pequeno mecanismo que tínhamos visto desaparecer diante de nossos olhos. As partes eram de níquel e de marfim, peças que certamente haviam sido lixadas ou serradas com pedra de cristal. A coisa estava quase completa, mas as barras cristalinas retorcidas estavam inacabadas na bancada ao lado de algumas folhas de desenho, e peguei uma para ver melhor. Parecia ser quartzo.

– Olhe aqui– disse o médico, – O senhor está falando sério? Ou isso é um truque como aquele fantasma que nos mostrou no Natal passado? –

– Nessa máquina – disse o Viajante do Tempo, segurando o lampião no alto, – pretendo explorar o tempo. Isso é claro? Nunca falei tão sério em toda minha vida.

Nenhum de nós sabia como lidar com a situação.

Captei o olhar de Filby por cima do ombro do médico e ele piscou para mim com olhar sério.

CAPÍTULO III

O Retorno do Viajante do Tempo

ACHO QUE, NAQUELA OCASIÃO, NENHUM DE NÓS ACREDITOU DE verdade na Máquina do Tempo. O fato é que o Viajante do Tempo era um daqueles homens muito hábeis para merecer credibilidade. Nunca sentíamos que estávamos cientes de tudo que acontecia ao seu redor. Sempre suspeitávamos de alguma reserva sutil, alguma engenhosidade na emboscada, por trás de sua lúcida franqueza. Se Filby tivesse mostrado o modelo e explicado o assunto com as palavras do Viajante do Tempo, teríamos mostrado menos ceticismo. Porque teríamos percebido seus motivos: um açougueiro poderia entender Filby. Porém, o Viajante do Tempo tinha mais do que um toque de capricho entre seus elementos, e nós desconfiávamos dele. Coisas que teriam feito a fama de um homem menos inteligente pareciam truques nas mãos dele. É um erro fazer as coisas com muita facilidade. As pessoas sensatas que o levavam a sério nunca tiveram muita certeza em relação a seu comportamento. Elas estavam de alguma forma cientes de que confiar nele para estabelecer suas reputações seria como dar porcelana para as crianças brincarem em um berçário. Por isso, acho que nenhum de nós falou muito sobre a viagem no tempo no intervalo entre aquela quinta-feira e a seguinte, embora estivéssemos pensando em suas estranhas potencialidades, sem dúvida, sua plausibilidade, isto é, sua prática difícil de acreditar, as possibilidades curiosas de anacronismo e de confusão total que sugeria. De minha parte, estava particularmente preocupado com o truque do modelo. Lembro-me de haver discutido isso com o médico, a quem encontrei na sexta-feira na Linnean[1]. Ele disse que tinha visto algo semelhante em Tubinga e deu ênfase considerável à vela apagada. Mas, não sabia explicar como o truque era feito.

Na quinta-feira seguinte, fui novamente a Richmond – suponho que fui um dos hóspedes mais constantes do Viajante do Tempo – e, chegando atrasado, encontrei quatro ou cinco homens já reunidos em sua sala de estar. O médico estava parado diante da lareira com uma folha de papel em uma das mãos e o relógio na outra. Olhei em volta procurando o Viajante do Tempo e...

– São sete e meia agora – disse o médico. – Suponho que seria melhor jantarmos?

– Onde está...? – eu perguntei, dizendo o nome do nosso anfitrião.

– Você acabou de chegar, não? É bastante estranho. Ele deve ter sido detido por algum imprevisto. Ele me pede neste bilhete para começar com o jantar às 7, se ele não estiver de volta. Diz que vai explicar quando chegar.

(I) Linnean: Sociedade Linneana de Londres (em inglês, Linnean Society of London) é dedicada ao estudo e à divulgação da história natural, evolução e taxonomia.

– Parece uma pena deixar o jantar estragar – disse o editor de um conhecido jornal; e, em seguida, o Doutor tocou a campainha.

O psicólogo era a única pessoa, além do médico e de mim, que havia comparecido ao jantar anterior. Os outros homens eram Blank, o editor já mencionado, um jornalista e um senhor de barba, quieto e tímido, que eu não conhecia e que, pelo que pude observar, não abriu a boca a noite toda. Durante o jantar, houve alguma especulação sobre a ausência do Viajante do Tempo, e sugeri, em tom de brincadeira, que ele havia viajado no tempo. O editor quis que explicássemos a história em detalhes e o psicólogo ofereceu-se para fazer um relato um tanto grosseiro do "engenhoso paradoxo e do truque" que havíamos testemunhado naquele dia da semana. Ele estava no meio de sua exposição quando a porta do corredor se abriu lentamente e sem barulho. Eu estava de frente para a porta e a vi primeiro. – Olá! – eu disse. – Finalmente! – E a porta se abriu totalmente e o Viajante do Tempo parou diante de nós. Dei um grito de surpresa.

– Graças a Deus! Homem, o que aconteceu? – exclamou o médico, que o viu em seguida. E toda a mesa se voltou para a porta.

Ele estava em uma situação incrível. Seu casaco estava cheio de poeira, sujo e com manchas verdes nas mangas; seu cabelo estava desalinhado e, ao que me parecia, mais grisalho, ou por causa da poeira e da sujeira ou porque a cor havia realmente desbotado. Seu rosto estava terrivelmente pálido; seu queixo tinha um corte marrom, já meio cicatrizado. Seu rosto estava com uma expressão abatida e de exaustão, como se tivesse passado por intenso sofrimento. Por um momento, ele hesitou na porta, como se tivesse sido ofuscado pela luz. Então ele entrou na sala, mancando exatamente como esses mendigos que têm os pés em estado lastimável. Nós o encaramos em silêncio, esperando que ele falasse.

Ele não disse uma palavra, mas aproximou-se dolorosamente da mesa e fez um gesto em direção ao vinho. O editor encheu uma taça de champanhe e empurrou-a para ele. Ele bebeu em um único trago e a bebida provavelmente lhe fez bem, pois ele olhou ao redor da mesa, e o fantasma de seu antigo sorriso cintilou em seu rosto.

– Por onde você andou, homem? – perguntou o doutor.

O Viajante do Tempo pareceu não tê-lo ouvido. – Não quero incomodá-los – ele disse com certa dificuldade de articulação. – Estou bem – Ele parou, estendeu a taça para que a enchessem e bebeu tudo em um único gole. – Isso é bom – ele disse. Seus olhos ficaram mais brilhantes e uma leve cor apareceu em suas bochechas. Seu olhar cintilou em nossos rostos com uma aprovação insípida e, em seguida, começou a andar pela sala quente e confortável. Então ele falou novamente, ainda como se tivesse dificuldade para encontrar as palavras. – Vou lavar-me e trocar de roupa, depois descerei e explicarei tudo... Guardem um pouco daquele carneiro. Estou faminto e quero comer um pouco de carne.

Ele olhou para o editor, que era um visitante raro, e cumprimentou-o. O editor começou a fazer uma pergunta.

– Daqui a pouco eu lhe conto – disse o Viajante do Tempo. – Estou sentindo-me um pouco estranho! Tudo ficará bem em um minuto.

Ele largou a taça sobre a mesa e caminhou em direção à porta da escada. Mais uma vez, observei que ele coxeava e notei o ruído abafado de seus passos e, levantando-me em meu lugar, vi seus pés quando ele saiu. Estavam descalços e apenas cobertos com um par de meias rasgadas e manchadas de sangue. Então a porta se fechou atrás ele. Pensei em segui-lo, mas lembrei de como ele detestava qualquer interferência em sua vida particular. Por um minuto, talvez, minha mente ficou vagueando. Em seguida, ouvi o editor dizendo: – "Comportamento notável de um cientista eminente" – pensando (como era seu costume) nas manchetes. E isso trouxe minha atenção de volta para a brilhante mesa de jantar.

– Que brincadeira é essa? – perguntou o jornalista. – Ele está bancando o vendedor ambulante? Não entendo. – Meu olhar cruzou com o do psicólogo e li minha própria interpretação em seu rosto. Pensei no Viajante do Tempo mancando dolorosamente lá em cima. Acho que ninguém mais percebeu que ele estava mancando.

O primeiro a se recuperar completamente dessa surpresa foi o médico, que tocou a campainha para que os criados trouxessem um prato quente, pois o Viajante do Tempo odiava ter criados circulando durante o jantar. Com isso, o editor voltou para sua faca e seu garfo com um resmungo, e o Homem do Silêncio o acompanhou. O jantar foi retomado. Por algum tempo, a conversa foi feita só de exclamações e intervalos de admiração. Mas, então, o editor começou a arder de curiosidade. – Nosso amigo obtém sua modesta renda pedindo esmolas em cruzamentos? Ou sofre transformações como Nabucodonosor? – ele perguntou.

– Tenho certeza de que se trata da Máquina do Tempo – eu disse, e retomei o relato do psicólogo sobre nosso encontro anterior. Os novos convidados estavam francamente incrédulos. O editor levantou objeções.

– O que foi essa viagem no tempo? Um homem não pode se cobrir de poeira rolando em um paradoxo, não é? – E então, quando a ideia lhe veio à mente, ele recorreu à caricatura. Eles não tinham escovas de roupa no futuro? O jornalista também não acreditava de forma alguma e juntou-se ao editor no trabalho fácil de ridicularizar a coisa toda. Ambos pertenciam à nova geração de jornalistas, jovens muito alegres e irreverentes.

– "Nosso Correspondente Especial no Dia Depois de Amanhã" – o jornalista estava dizendo, ou melhor, gritando, quando o Viajante do Tempo voltou. Ele vestia trajes de noite comuns, e nada, exceto seu olhar abatido, restara da mudança que havia me assustado.

– Bem – disse o hilariante editor – nossos amigos aqui dizem que o senhor viajou até o meio da próxima semana! O senhor irá contar-nos tudo o que descobriu, não irá? Quanto quer pelo artigo?

O Viajante do Tempo chegou ao lugar reservado para ele sem dizer uma palavra. Ele sorriu baixinho, à sua maneira. – Onde está meu carneiro? – ele disse. – Que delícia enfiar um garfo na carne de novo!

– História! – gritou o editor.

– Dane-se a história! – disse o Viajante do Tempo. – Quero alguma coisa para comer. Não direi uma palavra até que eu coloque um pouco de peptona em minhas artérias. Obrigado. E o sal.

– Apenas uma palavra – eu disse. – Você esteve viajando no tempo?

– Sim – disse o Viajante do Tempo, com a boca cheia, balançando a cabeça.

– Eu dou um xelim por linha para um relato literal – disse o editor. O Viajante do Tempo empurrou seu copo em direção ao Homem do Silêncio e tocou o cristal com a unha. O Homem do Silêncio, que estava olhando fixamente para seu rosto, teve um sobressalto e serviu-lhe vinho. O restante do jantar foi desconfortável. De minha parte, perguntas repentinas continuavam aflorando em meus lábios, e com certeza isso estava acontecendo com os demais. O jornalista tentou aliviar a tensão contando anedotas. O Viajante do Tempo dedicou toda sua atenção ao jantar e exibiu o apetite insaciável. O médico fumava um cigarro e observava o Viajante do Tempo com os olhos semicerrados. O Homem do Silêncio parecia mais desajeitado do que de costume, e bebia champanhe com regularidade e determinação de puro nervosismo.

Por fim, o Viajante do Tempo afastou o prato e olhou à nossa volta. –Acho que devo me desculpar – ele disse. – Estava simplesmente morrendo de fome. Tive um momento incrível. – Ele estendeu a mão para pegar um charuto e cortou a ponta. – Mas venham para a sala de fumantes. É uma história muito longa para contar em frente aos pratos engordurados. – E tocando a campainha de passagem, ele liderou o caminho para a sala ao lado.

– Você contou a Blank, Dash e Chose sobre a máquina? – ele perguntou para mim, recostando-se na poltrona e dando os nomes dos três novos convidados.

– Mas a coisa é um mero paradoxo –disse o editor.

– Não estou em condições de discutir esta noite. Não me importo de contar-lhes a história, mas não irei discutir – e ele continuou – se vocês quiserem, posso contar a história do que aconteceu comigo, mas sem interrupções. Quero contá-la. Desesperadamente. Quase tudo irá soar como uma mentira. Que seja assim! É tudo a mais pura verdade. Estava em meu laboratório às 4 horas e, desde então ... vivi oito dias ... dias como nenhum ser humano jamais viveu! Estou exausto, mas não vou dormir até ter contado tudo a vocês. Depois irei para a cama. Mas sem interrupções! Está combinado?

– Combinado – disse o editor, e o restante de nós repetiu "Combinado". E com isso o Viajante do Tempo começou a contar sua história tal como eu a apresentarei. Ele recostou-se na poltrona a princípio e falou como um homem cansado. Aos poucos ele ficou mais animado. Ao escrever essa descrição dos fatos, sinto que a pena e a tinta serão demasiadamente inadequadas para relatar a história e, acima de tudo, sinto minha própria limitação para expressar sua qualidade. Suponho que você, leitor, esteja lendo com bastante atenção, mas não pode ver o rosto pálido e sincero do orador brilhando diante da pequena lâmpada, nem ouvir a entonação de sua voz. Você não pode imaginar como sua expressão acompanhava as peripécias de sua história! A maioria de nós, ouvintes, estava na penumbra, pois as velas da sala de fumar não haviam sido acesas e apenas o rosto do jornalista e as pernas do Homem do Silêncio, dos joelhos para baixo, estavam iluminados. No início, olhávamos de vez em quando um para o outro. Depois de um tempo, paramos de fazer isso e olhávamos apenas para o rosto do Viajante do Tempo.

CAPÍTULO IV

Viagem no Tempo

— Falei a alguns de vocês na última quinta-feira sobre os princípios da Máquina do Tempo e a apresentei, mesmo que incompleta, na oficina. Lá está ela agora, um pouco desgastada pela viagem, na verdade; uma das barras de marfim está rachada e uma travessa de bronze entortou; mas o restante está em bom estado. Esperava terminá-la na sexta-feira, porém, nesse dia, quando a montagem estava quase pronta, descobri que uma das barras de níquel estava exatamente 3 centímetros mais curta e tive de refazê-la; de modo que a máquina não foi concluída até esta manhã. Foi às 10 horas da manhã de hoje que a primeira de todas as Máquinas do Tempo começou sua carreira. Dei uma última revisada, testei todos os parafusos novamente, coloquei mais uma gota de óleo na barra de quartzo e sentei-me na sela. Suponho que um suicida que segura uma pistola contra o crânio tem a mesma sensação de surpresa que eu tive com o que virá a seguir. Peguei a alavanca de partida em uma mão e a de parada na outra, pressionei a primeira e quase imediatamente a segunda. Parecia que eu estava cambaleando. Tive uma sensação de queda como acontece em um pesadelo; e, olhando em volta, vi o laboratório exatamente como antes. Aconteceu alguma coisa? Por um momento, suspeitei que meu intelecto havia me enganado. Então, olhei para o relógio. Um momento antes, ao que parecia, estava marcando um ou dois minutos depois das dez; agora eram quase três e meia! Respirei fundo, cerrei os dentes, agarrei a alavanca de partida com as duas mãos e saí com um só golpe. O laboratório ficou nebuloso e escuro. A sra. Watchett entrou e caminhou, aparentemente sem me ver, em direção à porta do jardim. Suponho que tenha demorado mais ou menos um minuto para atravessar o local, mas para mim ela parecia disparar pela sala como um foguete. Pressionei a alavanca até sua posição extrema. A noite veio com a rapidez de se apagar uma vela e, em outro instante, já era a manhã do dia seguinte. O laboratório foi ficando cada vez mais tênue e nebuloso. Veio a noite do dia seguinte, depois o dia de novo, a noite de novo, o dia de novo, cada vez mais rápido. Um sussurro turbulento encheu meus ouvidos e minha mente ficou muito confusa.

– Receio não poder transmitir as sensações peculiares da viagem no tempo. Elas são extremamente desagradáveis. Há uma sensação exatamente como aquela que se tem em uma montanha-russa, de um movimento desamparado de cabeça para baixo! Também sentia a mesma antecipação horrível de uma colisão iminente esmagadora. À medida que eu aumentava a velocidade, a noite seguia o dia como o bater de uma asa negra. A vaga noção do laboratório foi desaparecendo para mim, e vi o sol saltando rapidamente no céu, saltando a cada minuto e a cada minuto marcando um dia. Achei que o laboratório tinha sido destruído e eu ficara ao ar livre. Tive uma vaga impressão de andaime, mas já estava indo rápido demais para ter consciência de qualquer coisa em movimento. A mais lenta de todas as lesmas passava como um relâmpago por mim. A sucessão cintilante de escuridão e luz era excessivamente dolorosa para os olhos. Então, nas trevas intermitentes, vi a lua girando rapidamente através de todas as suas fases, de nova a cheia, e tive um vislumbre das estrelas em volta. Naquele momento, à medida que eu avançava, ainda ganhando velocidade, a palpitação da noite e do dia se fundiu em um cinza contínuo; o céu adquiriu uma profundidade maravilhosa de azul, uma cor luminosa esplêndida como a do crepúsculo; o sol forte tornou-se um raio de fogo, um arco brilhante, no espaço; a lua, uma faixa flutuante mais fraca. Eu não conseguia ver nenhuma estrela, exceto de vez em quando um círculo mais brilhante piscava no azul.

A paisagem estava cheia de névoa e vaga. Eu ainda estava na encosta do morro onde esta casa está construída, mas o terreno atrás de mim parecia uma sombra cinza e escura. Eu via árvores crescendo e mudando como nuvens de vapor, ora marrons, ora verdes; elas cresciam, espalhavam-se, desmanchavam-se e sumiam. Eu via edifícios enormes se erguendo leves, claros e passando como sonhos. Toda a superfície da terra parecia mudada, derretendo e fluindo sob meus olhos. Os pequenos ponteiros no painel que registravam minha velocidade rodavam cada vez mais rápido. Logo percebi que o cinturão solar oscilava para cima e para baixo, de solstício a solstício, em um minuto ou menos, e que consequentemente meu ritmo era de mais de um ano por minuto; e minuto a minuto a neve branca cobria o mundo e desaparecia, seguida pelo verde brilhante e breve da primavera.

As sensações desagradáveis do início eram menos agudas agora. Elas finalmente se misturaram em uma espécie de euforia histérica. Observei que a máquina balançava de modo desajeitado e eu não consegui encontrar uma explicação. Mas minha mente estava confusa demais para dar atenção a isso, então, com uma espécie de loucura crescendo dentro de mim, me lancei ao futuro. A princípio, não pensei em parar, não pensei em mais nada a não ser nas novas sensações. Mas logo uma nova série de impressões surgiu em minha mente, uma certa curiosidade e, com isso, um certo pavor, até que finalmente me dominaram por completo. Que progresso extraordinário da humanidade, que avanços maravilhosos sobre nossa civilização rudimentar, eu pensei, não iriam aparecer quando eu parasse para olhar o mundo obscuro e indescritível que corria e flutuava diante dos meus olhos! Vi uma grande e esplêndida arquitetura erguendo-se ao meu redor, mais maciça do que quaisquer edifícios de nossa época, e ainda, ao que me parecia, construída de névoa e lampejo. Vi um verde mais rico crescer na encosta e lá permanecer, sem qualquer intervalo para o inverno. Mesmo através do véu da minha confusão, a terra parecia muito bela. E então comecei a pensar em como iria realizar a parada.

O risco principal residia na possibilidade de eu encontrar alguma substância sólida no espaço, que eu, ou a máquina, ocupávamos. Enquanto eu estivesse viajando em alta velocidade através do tempo, essa questão não me preocupava. Eu estava, por assim dizer, atenuado; deslizava como um vapor através dos interstícios das substâncias interpostas! Mas o ato de parar envolveria meu bloqueio, molécula por molécula, em qualquer coisa que estivesse em meu caminho; significava trazer meus átomos a um contato tão íntimo com aqueles do obstáculo que poderia resultar em uma profunda reação química, possivelmente uma explosão de longo alcance, lançando eu e minha máquina para fora de todas as dimensões possíveis... para o desconhecido. Essa possibilidade me ocorrera repetidas vezes enquanto eu estava construindo a máquina; mas, depois, aceitei tranquilamente o fato como um risco inevitável; um dos riscos que um homem tem de correr! Agora o risco era inevitável, não o via mais com tanta tranquilidade. O fato é que, insensivelmente, a estranheza absoluta de tudo, a trepidação e o balanço enjoativos da máquina, acima de tudo, a sensação de queda prolongada, haviam acabado com meus nervos. Dizia a mim mesmo que nunca poderia parar e, com um acesso de petulância, resolvi parar imediatamente. Como um tolo impaciente, puxei a alavanca e a máquina começou a girar incontinentemente, atirando-me no ar de cabeça para baixo.

Senti em meus ouvidos algo como o estrondo de um trovão. Acho que fiquei atordoado por um momento. Um granizo impiedoso sibilava ao meu redor e eu estava sentado na grama macia em frente à máquina caída. Tudo ainda parecia cinza, mas logo observei que o zunido em meus ouvidos havia sumido. Olhei ao meu redor. Estava no que parecia ser um pequeno gramado em um jardim, cercado por arbustos de rododendros, e notei que suas flores, nas cores lilás e roxa, caíam como uma chuva de pétalas por causa das pedras de granizo. O granizo que ricocheteava e dançava formava uma pequena nuvem sobre a máquina e se espalhava pelo chão como fumaça. Em alguns minutos eu fiquei totalmente encharcado. – Excelente hospitalidade – disse eu – para um homem que viajou inúmeros anos para vê-lo.

Naquele momento pensei que era um tolo ficar ali para me molhar. Levantei-me e olhei ao redor. Uma figura colossal, aparentemente esculpida em alguma pedra branca, assomava indistintamente além dos rododendros através da chuva nebulosa. Mas todo o resto do mundo era invisível.

É difícil descrever minhas sensações. À medida que as colunas de granizo ficavam mais finas, vi a figura branca com mais nitidez. Era muito grande, pois uma bétula prateada chegaria só até seus ombros. Era de mármore branco, em forma de esfinge alada, mas as asas, em vez de serem colocadas verticalmente nas laterais, ficavam abertas como se ela estivesse pairando no ar. Pelo que pude perceber, o pedestal era de bronze e estava coberto de azinhavre. O rosto parecia estar voltado para mim e os olhos cegos pareciam me observar. Havia a sombra de um sorriso nos lábios e ela estava bastante desgastada pelo tempo, o que transmitia uma desagradável impressão de doença. Fiquei contemplando a esfinge por algum tempo, meio minuto, talvez, ou meia hora. Parecia avançar e retroceder à medida que o granizo ficava mais denso ou mais tênue. Finalmente, desviei os olhos da esfinge por um momento e vi que a cortina de granizo estava bem fraca e que o céu estava clareando com a promessa do sol.

Olhei para cima novamente para a forma branca agachada, e toda a temeridade da minha viagem veio de repente sobre mim. O que poderia aparecer quando aquela cortina nebulosa fosse totalmente retirada? O que poderia ter acontecido aos homens? E se a crueldade tivesse se transformado em uma paixão comum? E se nesse intervalo nossa raça tivesse perdido sua virilidade e se transformado em algo não humano, antipático e esmagadoramente poderoso? Eu poderia parecer um animal selvagem do velho mundo, apenas mais terrível e nojento por causa da nossa semelhança física, uma criatura asquerosa a ser imediatamente morta.

A essa altura avistei outras grandes construções, prédios enormes com parapeitos intrincados e colunas altas. Uma encosta arborizada densa parecia descer sobre mim através da tempestade que diminuía. Fui tomado por um medo pavoroso. Corri freneticamente até a Máquina do Tempo e me esforcei muito para reajustá-la. Assim como eu, os raios do sol se infiltravam pela tempestade. A chuva de granizo dissipou-se e desapareceu como as vestes de um fantasma. Acima de mim, no azul intenso do céu de verão, alguns tênues fragmentos marrons de nuvem se transformaram em nada. Os grandes edifícios ao meu redor se destacavam claros e distintos, brilhando com a umidade da tempestade, e destacados em branco pelas pedras de granizo não derretidas empilhadas ao longo deles. Senti-me nu em um mundo estranho. Talvez tenha me sentido como um pássaro no ar, sabendo que a águia está voando acima dele e pronta para atacá-lo. Meu medo virou um frenesi. Respirei profundamente, cerrei meus dentes e novamente lutei, com braços e pernas, ferozmente com a máquina. Ela cedeu ao meu ataque desesperado e virou. Ao virar atingiu meu queixo com violência. Com uma mão na sela, a outra na alavanca, fiquei de pé, ofegante, em atitude de sentar novamente na máquina.

Mas com a certeza de uma retirada imediata minha coragem se recuperou. Olhei com mais curiosidade e menos medo para este mundo do futuro remoto. Em uma abertura circular, no alto da parede da casa mais próxima, vi um grupo de figuras vestidas com ricos mantos macios. Tinham me visto porque seus rostos estavam voltados para mim.

Então ouvi vozes se aproximando de mim. Atravessando os arbustos ao redor da Esfinge Branca estavam as cabeças e os ombros de homens correndo. Um deles surgiu em um caminho que conduzia direto para o pequeno gramado no qual eu estava com minha máquina. Ele era uma criatura franzina, talvez 1 metro de altura, vestido com uma túnica roxa, presa na cintura com um cinto de couro. Sandálias ou borzeguins[2], não consegui distinguir claramente quais deles estavam em seus pés; suas pernas estavam nuas até os joelhos e não tinha cabelo na cabeça. Ao observá-lo, notei pela primeira vez como o ar estava quente. Ele parecia ser uma criatura muito bonita e graciosa, mas indescritivelmente frágil. Seu rosto corado lembrou-me a beleza dos tísicos, aquela beleza alucinante de que se ouve tanto falar. Ao vê-lo, de repente recuperei a confiança e tirei minhas mãos da máquina.

---

(2) Borzeguim: espécie de bota antiga com salto reforçado e cadarço.

CAPÍTULO V

Era de Ouro

No momento seguinte estávamos frente a frente, eu e esse frágil ser do futuro. Ele veio direto em minha direção e olhando-me nos olhos começou a rir. A ausência de qualquer sinal de medo em seu comportamento me chamou a atenção. Então ele se virou para os outros dois que o seguiam e falou com eles em uma língua estranha, muito doce e fluída.

Havia outros chegando, e logo um pequeno grupo de talvez oito ou dez dessas criaturas primorosas estava ao meu redor. Um deles falou comigo. Ocorreu-me, estranhamente, que minha voz era muito dura e profunda para eles. Então eu balancei minha cabeça e, apontando para minhas orelhas, balancei novamente. Ele deu um passo à frente, hesitou e depois tocou minha mão. Então eu senti outros pequenos tentáculos macios em minhas costas e ombros. Eles queriam ter certeza de que eu era real. Não havia nada de alarmante. Na verdade, havia algo nessas pessoas agradáveis que inspiravam confiança, uma gentileza graciosa, uma certa espontaneidade infantil. Além disso, eles pareciam tão frágeis que eu poderia me imaginar derrubando-os como em um jogo de boliche. Mas tive de fazer um movimento repentino para avisá-los quando vi suas mãozinhas rosadas tateando a Máquina do Tempo. Felizmente, percebi a tempo um perigo que até então havia esquecido e, estendendo a mão por cima das barras da máquina, desatarraxei as pequenas alavancas que a acionariam e coloquei-as no bolso. Em seguida, virei-me novamente para ver o que poderia fazer para comunicar-me com aqueles seres.

E então, olhando mais de perto suas características, percebi algumas peculiaridades adicionais em sua beleza da porcelana Dresden. Seus cabelos, uniformemente cacheados, chegavam como uma ponta no pescoço e outra nas bochechas; não tinham nenhum pelo no rosto, e suas orelhas eram singularmente miúdas. As bocas eram pequenas, vermelhas com lábios finos e pequenos queixos pontudos. Os olhos eram grandes e suaves e, pode até parecer egoísmo da minha parte, imaginei que havia uma certa falta daquele interesse que eu esperava da parte deles.

Como eles não faziam nenhum esforço para se comunicarem comigo e simplesmente ficaram em volta de mim, sorrindo e falando baixinho entre si, iniciei a conversa. Apontei para a Máquina do Tempo e para mim mesmo. Então, hesitando por um momento em como expressar o Tempo, apontei para o sol. Imediatamente uma pequena figura estranhamente graciosa, com um manto xadrez em púrpura e branco, seguiu meu gesto e então me surpreendeu imitando o som de um trovão.

Por um momento fiquei pasmo, embora o sentido do gesto dele fosse bastante claro. A pergunta me veio à mente de repente: essas criaturas eram tolas? Vocês não podem imaginar como isso me abalou. Vejam, eu sempre previ que as pessoas do ano 802.000 estariam incrivelmente na nossa frente em conhecimento, arte e tudo mais. Então, de repente, um deles me fez uma pergunta que mostrou que ele estava no nível intelectual de um de nossos filhos de 5 anos. Perguntou-me, na verdade, se eu tinha vindo do sol em uma tempestade! Isso fez cair por terra o meu julgamento sobre suas roupas, seus membros leves e feições frágeis. Uma onda de desapontamento veio sobre mim. Por um momento, senti que havia construído a Máquina do Tempo em vão.

Balancei a cabeça, apontei para o sol e fiz para eles uma representação tão vívida de um trovão que eles ficaram assustados. Todos eles recuaram um passo ou mais e se curvaram. Um deles veio rindo em minha direção, carregando uma guirlanda de lindas flores totalmente desconhecidas para mim, e colocou-a ao redor do meu pescoço. O gesto foi recebido com aplausos melodiosos; logo, todos corriam de um lado para outro em busca de flores e, rindo, atiravam-nas sobre mim até que eu quase fui sufocado por elas. Vocês, que nunca viram algo parecido, não podem imaginar que flores delicadas e maravilhosas incontáveis anos de cultura conseguiram criar. Então, um deles sugeriu que a brincadeira fosse exibida no prédio mais próximo e fui conduzido em direção a um enorme edifício cinza de pedra desgastada, por trás da esfinge de mármore branco, que parecia me observar o tempo todo com um sorriso diante da minha perplexidade. Enquanto os acompanhava, vinham à minha mente divertidas lembranças de minhas confiantes previsões de um futuro profundamente sério e intelectual.

O prédio tinha uma entrada enorme e dimensões colossais. Eu estava naturalmente mais preocupado com a multidão crescente daqueles seres pequenas e com os grandes portais que se abriam diante de mim, sombrios e misteriosos. Minha impressão geral do mundo que via sobre as cabeças deles era um emaranhado de lindos arbustos e flores, um jardim há muito negligenciado, mas sem ervas daninhas. Vi uma série de flores brancas estranhas, com pontas altas e pétalas de cera medindo talvez 30 centímetros na extensão. Elas cresciam espalhadas, como se fossem selvagens, entre os arbustos variados, mas, como eu disse, não as examinei de perto naquele momento. A Máquina do Tempo ficou abandonada na relva entre os rododendros.

O arco da entrada era ricamente esculpido, mas naturalmente não consegui observar o entalhe muito de perto, embora imaginei ter visto algo no estilo das antigas decorações fenícias quando passei, e também percebi que estavam bem quebrados e desgastados. Várias outras pessoas em trajes brilhantes encontraram-se comigo na porta, e então entramos, eu, vestido com roupas sujas do século XIX, parecendo bastante grotesco, uma guirlanda de flores no pescoço e rodeado por uma massa de mantos luminosos com cores suaves, braços e pernas alvos, em um turbilhão melodioso de risos e vozes alegres.

A grande entrada dava para um corredor proporcionalmente grande decorado na cor marrom. O telhado estava no escuro e as janelas, parte delas de vidro colorido e a outra parte transparente, permitiam uma luz moderada. O chão era feito de blocos enormes de algum metal branco muito duro, nem placas nem lajes, eram blocos, e estava tão gasto, devido às idas e vindas das gerações anteriores, que deixava sulcos profundos marcando os caminhos mais utilizados. No sentido transversal estavam inúmeras mesas feitas de placas de pedra polida, elevadas, talvez, a 30 centímetros do chão, e sobre elas havia pilhas de frutas. Algumas eu reconheci como uma espécie de framboesa e laranja hipertrofiadas, mas a maioria delas era estranha para mim.

Havia um grande número de almofadas espalhadas entre as mesas. Meus condutores sentaram-se nelas, sinalizando para que eu fizesse o mesmo. Sem cerimônia nenhuma, eles começaram a comer as frutas com as mãos, jogando cascas e talos, e tudo mais, nas aberturas redondas nas laterais das mesas. Não relutei em seguir o exemplo deles, pois sentia sede e fome. Ao fazer isso, examinei o salão à vontade.

Talvez o que tenha mais me impressionado foi sua deterioração. Os vitrais, que exibiam apenas um padrão geométrico, estavam quebrados em muitos lugares, e as cortinas penduradas na parte inferior estavam totalmente encardidas. Também notei que o canto da mesa de mármore perto de mim estava quebrado. No entanto, o efeito geral era extremamente rico e pitoresco. Havia, talvez, umas duzentas pessoas comendo no salão, e a maioria delas, sentadas o mais perto de mim que podiam, me observavam com interesse, seus olhinhos brilhando enquanto comiam as frutas. As vestes de todos eram feitas do mesmo material macio, mas forte e sedoso.

Aliás, pelo que pude observar, a dieta deles era toda baseada em frutas. Essas pessoas do futuro remoto eram vegetarianas rigorosas e, enquanto eu estava com elas, apesar de ser carnívoro, também segui a dieta das frutas. Na realidade, descobri depois que cavalos, gado, ovelhas, cães seguiram o ictiossauro até a extinção. Mas os frutos eram muito deliciosos; um, em particular, que parecia estar na estação o tempo todo que estive lá, uma coisa farinhenta com uma casca de três lados, era especialmente boa, e fiz dela meu alimento básico. A princípio fiquei intrigado com todas essas frutas estranhas e com as flores estranhas que vi, mas depois comecei a perceber seu significado.

No entanto, estou lhes contando agora sobre meu jantar de frutas em um futuro distante. Assim que meu apetite foi um pouco controlado, decidi fazer uma tentativa resoluta de aprender o idioma desses novos homens. Claramente, essa era a próxima coisa a fazer. As frutas pareciam uma coisa conveniente para começar e, segurando uma delas, comecei uma série de sons e gestos interrogativos. Tive considerável dificuldade em transmitir o que eu queria dizer. A princípio, meus esforços provocaram olhares de surpresa e intermináveis gargalhadas, mas logo uma criaturinha de cabelos louros pareceu entender minha intenção e repetiu um nome. Eles tinham de conversar entre si e explicar detalhadamente um ao outro o que estava acontecendo, e minhas primeiras tentativas de fazer os pequenos sons requintados de sua linguagem causaram um imenso divertimento genuíno, embora rude. No entanto, senti-me como um professor entre crianças e persisti, até que enfim tinha alguns substantivos comuns sob meu comando, além de pronomes demonstrativos, e até mesmo o verbo "comer". Mas era um trabalho lento, e os pequeninos logo se cansaram e quiseram se afastar de meus questionamentos; então decidi, um tanto por necessidade, deixá-los dar suas aulas em pequenas doses, quando sentissem vontade de fazê-lo. E descobri que eram realmente em pequenas doses e pouco tempo, pois nunca conheci pessoas mais indolentes ou que se cansassem com tanta facilidade.

CAPÍTULO VI

O Crepúsculo da Humanidade

UMA COISA ESTRANHA QUE LOGO DESCOBRI SOBRE MEUS PEQUENOS anfitriões foi sua falta de interesse. Eles vinham a mim com gritos ansiosos de espanto, como crianças, mas também, como crianças, logo paravam de me analisar para sair atrás de algo mais interessante. O jantar e as iniciativas de conversas terminaram e notei, pela primeira vez, que quase todos aqueles que me cercavam no início não estavam mais por perto. É estranho, também, a rapidez com que passei a desconsiderar essas pessoas pequenas. Saí pelo portal para o mundo iluminado pelo sol novamente assim que minha fome foi satisfeita. Estava continuamente encontrando mais desses homens do futuro, que me seguiriam um pouco mais longe, falavam e riam de mim e, sorrindo e gesticulando amigavelmente, deixavam-me de novo sozinho com minha máquina.

A calma da noite pairava sobre o mundo quando eu saía do grande salão e a cena ficava iluminada pelo brilho quente do sol poente. No início, as coisas eram muito confusas. Tudo era totalmente diferente do mundo que eu conhecia, até mesmo as flores. O grande edifício que eu havia deixado estava situado na encosta de um amplo vale de rio, mas o Tâmisa havia mudado, talvez, um quilômetro e meio de sua posição atual. Resolvi subir ao cume de uma montanha, talvez a uns 2 quilômetros de distância, de onde poderia ter uma visão mais ampla deste nosso planeta no ano 802.701, d.C. Essa data, devo explicar, foi a data que os pequenos mostradores da minha máquina registraram.

Enquanto caminhava, observava qualquer indício que pudesse ajudar a explicar a condição esplendorosamente decadente em que encontrei o mundo, pois estava arruinado. No caminho da colina, por exemplo, havia uma grande pilha de granito, unida por massas de alumínio, um amplo labirinto de paredes íngremes e montes aglomerados, em meio aos quais havia grandes amontoados de lindas plantas parecidas com flor de pagode, possivelmente urtigas, mas maravilhosamente tingidas de marrom ao redor das folhas e incapazes de picar. Evidente que eram os restos abandonados de alguma vasta estrutura, com que finalidade eu não pude determinar. Foi ali que eu estava destinado, em uma data posterior, a ter uma experiência muito estranha; a primeira evidência de uma descoberta ainda mais estranha, mas disso falarei a seu devido tempo.

Olhando em volta, com um pensamento súbito, de uma plataforma onde parei para descansar um pouco, percebi que não havia casas à vista. Aparentemente, a única casa, e possivelmente até a família, havia desaparecido. Aqui e ali, entre a vegetação, havia edifícios semelhantes a palácios, mas as casas e as cabanas, que constituem traços característicos de nossa paisagem inglesa, haviam desaparecido.

"Comunismo" disse eu para mim mesmo. E logo depois desse veio outro pensamento. Olhei para a meia dúzia de pequenas figuras que estavam me seguindo. Então, de súbito, percebi que todos tinham a mesma roupa, o mesmo semblante suave, sem pelos e a mesma delicadeza feminina de membros. Pode parecer estranho, talvez eu não tivesse percebido isso antes. Mas tudo lá era muito estranho. Agora, eu via o fato com bastante clareza. No que se refere às roupas, tirando todas as diferenças de textura e comportamento que separavam os gêneros um do outro, essas pessoas do futuro eram semelhantes. E as crianças pareciam, aos meus olhos, apenas miniaturas de seus pais. Julguei então que as crianças daquela época eram extremamente precoces, pelo menos fisicamente, e depois obtive confirmação abundante da minha opinião.

Vendo a facilidade e a segurança com que essas pessoas viviam, senti que essa semelhança íntima dos gêneros era afinal de se esperar; pois a força de um homem e a suavidade de uma mulher, a instituição de uma família e a diferenciação de ocupações eram meras necessidades militantes de uma era de força física. Onde a população é equilibrada e abundante, ter filhos torna-se algo ruim e já não é uma bênção para o Estado; onde a violência ocorre raramente e os filhos estão seguros, há menos necessidade, na verdade não há necessidade alguma, de ter uma família eficiente, e a distinção entre os gêneros com referência às necessidades de seus filhos desaparece. Nós vemos o início disso até mesmo em nossa época, e nesta época futura a mudança se concretizou. Isso, devo lembrar a vocês, era minha especulação na época. Mais tarde, compreendi o quanto estava longe da realidade.

Enquanto refletia sobre essas coisas, minha atenção foi atraída por uma estrutura bem pequena, como um poço debaixo de uma cúpula. Pensei como era estranho ainda existirem poços e retomei o fio das minhas especulações. Não havia grandes edifícios perto do topo da colina e, como minha capacidade de andar era evidentemente milagrosa, fui deixado sozinho pela primeira vez. Com uma estranha sensação de liberdade e aventura, avancei até o topo.

Lá encontrei um assento de algum tipo de metal amarelo que não reconheci, corroído em alguns lugares por uma espécie de ferrugem rosada e parcialmente ocultado por musgo macio; os apoios de braço eram fundidos e curvados, pareciam cabeças de grifo. Sentei-me nele e examinei a ampla vista de nosso velho mundo sob o pôr do sol daquele longo dia. Foi a visão mais doce e bela que já tive. O sol já havia se posto abaixo do horizonte e o Oeste estava em chamas douradas, com algumas barras horizontais roxas e carmesim. Abaixo estava o vale do Tâmisa, no qual o rio jazia como uma faixa de aço polido. Já falei dos grandes palácios espalhados por entre a vegetação variada, alguns em ruínas e outros ainda ocupados. Aqui e ali surgia uma figura branca ou prateada no jardim deserto da terra, aqui e ali surgia uma linha vertical nítida de alguma cúpula ou obelisco. Não havia cercas vivas, nenhum sinal de direitos de propriedade, nenhuma evidência de agricultura; a terra toda se tornara um jardim.

Então, observando tudo aquilo, comecei a interpretar as coisas que tinha visto e como elas pareciam para mim naquela noite. (Mais tarde, descobri que havia compreendido a verdade parcial ou apenas um vislumbre de um lado da verdade).

Parecia que eu estava presenciando o declínio da humanidade. O pôr do sol avermelhado me fez pensar no crepúsculo da humanidade. Pela primeira vez, comecei a perceber uma consequência estranha do esforço social em que estamos atualmente engajados. E, no entanto, parando para pensar, é uma consequência bastante lógica. Força é o resultado da necessidade; a segurança valoriza a fraqueza. O trabalho de melhorar as condições de vida, o verdadeiro processo civilizador que torna a vida cada vez mais segura, alcançou o seu ápice. Um triunfo de uma humanidade unida sobre a Natureza havia acontecido depois de outros. Coisas que agora são meros sonhos tornaram-se projetos deliberadamente colocados em prática e levados adiante. E o que eu vi eram os resultados!

Afinal, o saneamento e a agricultura de hoje ainda estão na fase rudimentar. A ciência de nosso tempo atacou apenas um pequeno departamento do campo das doenças humanas, mas, mesmo assim, difundiu suas operações de maneira muito constante e persistente. Nossa agricultura e horticultura destroem uma erva daninha aqui e ali e cultivam talvez uma parcela pequena de plantas saudáveis, deixando a maior parte para lutar pelo equilíbrio por conta própria. Melhoramos nossas plantas e animais favoritos, que são pouquíssimos, gradualmente por meio da reprodução seletiva; ora um pêssego novo e melhor, ora uma uva sem sementes, ora uma flor mais doce e maior, ora uma raça de gado mais conveniente. Nós os melhoramos gradualmente, porque nossos ideais são vagos e provisórios, e nosso conhecimento é muito limitado; da mesma forma que a natureza também é tímida e lenta em nossas mãos desajeitadas. Algum dia tudo isso será mais bem organizado e mais aprimorado. Essa é a tendência, apesar dos obstáculos. O mundo inteiro será inteligente, educado e cooperativo; as coisas se moverão cada vez mais rápido em direção à subjugação da Natureza. No final, com sabedoria e cuidado, reajustaremos o equilíbrio da vida animal e vegetal para atender às nossas necessidades humanas.

Esse ajuste, devo dizer, tem de ser feito, e muito bem feito; feito de fato por todo o Tempo, no espaço do Tempo através do qual minha máquina saltou. O ar estava livre de mosquitos, a terra livre de ervas daninhas e fungos, em toda parte havia frutas doces e flores deliciosas, borboletas fantásticas voavam para cá e para lá. O ideal da medicina preventiva fora alcançado. As doenças foram eliminadas. Não vi evidências de doenças contagiosas durante toda a minha estada. E eu terei de dizer a vocês mais tarde que mesmo os processos de putrefação e decadência foram profundamente afetados por essas mudanças.

Os triunfos sociais também foram alcançados. Vi a humanidade instalada em abrigos esplêndidos, gloriosamente vestida, e ainda assim não os vi envolvidos em nenhuma labuta. Não havia sinais de luta, nem luta social nem econômica. As lojas, a publicidade, o trânsito e todo o comércio que constituem o que temos em nosso mundo haviam desaparecido. Era natural naquela noite dourada que eu ficasse encantado com a ideia de um paraíso social. Imaginei que o aumento da população tivesse enfrentado dificuldades e a população havia parado de crescer.

Mas com essa mudança de condição vêm inevitavelmente adaptações à mudança. O que, a menos que a ciência biológica esteja totalmente errada, é a causa da inteligência e do vigor humanos? A adversidade e liberdade: condições sob as quais aquele que é ativo, forte e hábil sobrevive e o mais fraco desiste; condições que valorizam a aliança leal de homens capazes, o autocontrole, a paciência e a decisão. E a instituição da família e as emoções que surgem depois de sua instituição, o ciúme excessivo, o carinho pelos filhos, a auto devoção dos pais, tudo encontrava sua justificativa e suporte nos perigos iminentes aos jovens. Agora onde estavam esses perigos iminentes? Há um sentimento surgindo, e vai crescer, contra o conjugal ciúme, contra a maternidade feroz, contra paixões de todos os tipos; coisas desnecessárias agora, e coisas que nos incomodam, sobreviventes selvagens, discórdias em uma vida refinada e agradável.

Pensei na insignificância física das pessoas, na sua falta de inteligência e naquelas ruínas grandes e abundantes, e isso reforçou a minha crença em um domínio perfeito da Natureza. Pois, depois da tempestade vem a calmaria. A humanidade foi forte, enérgica e inteligente, e usou toda a sua abundante vitalidade para alterar as condições sob as quais vivia. E agora veio a reação das condições alteradas.

Nas novas condições de conforto e segurança perfeitos, aquela energia incansável, que conosco é força, se tornaria fraqueza. Mesmo em nossa época, certas tendências e desejos, antes necessários à sobrevivência, são uma fonte constante de fracasso. A coragem física e o amor pela batalha, por exemplo, não ajudam muito e podem até ser um obstáculo, para um homem civilizado. E em um estado de equilíbrio físico e segurança, a força, tanto intelectual quanto física, seria desnecessária. Por incontáveis anos, julguei que não houvesse perigo de guerra ou violência gratuita, nenhum perigo de bestas selvagens, nenhuma doença debilitante que exigisse constituição física, nem necessidade de labuta. Para um estilo de vida assim, os que nós chamamos de fracos estão tão bem equipados quanto os fortes, logo não são mais fracos. De fato, estão mais bem equipados, pois os fortes ficariam inquietos com uma energia que não poderia ser liberada. Sem dúvida, a beleza primorosa dos edifícios que vi foi o resultado das últimas ondas da energia, agora sem propósito, da humanidade antes que ela se estabelecesse em perfeita harmonia com as condições em que vivia; o florescer daquele triunfo que deu início à última grande paz. Este sempre foi o destino da energia quando há segurança; ela leva à arte e ao erotismo, e então vem a languidez e a decadência.

Até mesmo esse ímpeto artístico finalmente seria dissipado; tinha quase desaparecido no Tempo que vi. Enfeitar-se com flores, dançar, cantar ao sol: foi o sobrou do espírito artístico e nada mais. Até isso desapareceria no fim, em uma inatividade contente. Nós nos mantemos ávidos pela pedra de amolar da dor e da necessidade, e parecia-me que ali essa pedra odiosa fora finalmente quebrada!

Enquanto eu estava lá na escuridão crescente, pensei que com essa simples explicação eu havia compreendido o problema do mundo, compreendido todo o segredo dessas pessoas maravilhosas. Possivelmente, as medidas adotadas para evitar o aumento da população foram muito bem-sucedidas e seu número havia até diminuído em vez de se manter estável. Isso explicaria as ruínas abandonadas. A minha explicação era muito simples e bastante plausível, assim como a maioria das teorias errôneas!

CAPÍTULO VII

Um Choque Súbito

Enquanto eu estava ali refletindo sobre esse triunfo perfeito demais do homem, a lua cheia e bem amarela surgiu transbordando uma luz prateada a nordeste. As pequenas figuras brilhantes pararam de se mover abaixo, uma coruja silenciosa passou voando e tremi com o frio da noite. Decidi descer e descobrir onde poderia dormir.

Procurei o edifício que conhecia. Então meus olhos viajaram até a figura da Esfinge Branca sobre o pedestal de bronze, tornando-se distinta conforme a luz da lua crescente ficava mais forte. Eu podia ver a bétula prateada contra ela. Havia um emaranhado de arbustos de rododendro, pretos sob a luz pálida, e lá estava o pequeno gramado. Olhei para o gramado novamente. Uma dúvida estranha perturbou minha complacência. "Não", eu disse com firmeza para mim mesmo, "aquele não é o gramado".

Mas era o gramado. Pois o rosto branco leproso da esfinge estava voltado para ele. Vocês podem imaginar o que senti quando tudo aquilo fez sentido para mim? Não, vocês não conseguiriam. A Máquina do Tempo havia desaparecido!

Imediatamente, como um tapa na cara, surgiu a possibilidade de perder minha própria era, de ficar desamparado naquele estranho mundo novo. O simples fato de pensar nisso causou-me uma sensação física real. Eu podia sentir minha garganta arranhar e minha respiração quase parou. Em outro momento fui tomado pelo medo e corri em grandes passadas pulando morro abaixo. Depois, caí de cabeça para baixo e cortei meu rosto; não perdi tempo para estancar o sangue, mas pulei e corri, sentindo o sangue quente escorrer pela minha bochecha e queixo. O tempo todo em que corria, dizia a mim mesmo: "Eles apenas a moveram um pouco, empurraram-na para debaixo dos arbustos, para fora do caminho". Apesar disso, corri com todas as minhas forças. O tempo todo, com a certeza que às vezes vem com pavor excessivo, eu sabia que tal certeza era uma loucura, sabia instintivamente que a máquina fora retirada do meu alcance. Sentia dor para respirar. Acredito que corri toda a distância do cume da colina até o pequeno gramado, talvez 3 quilômetros, em 10 minutos. Eu não sou mais um jovem. Amaldiçoei em voz alta, enquanto corria, pela minha loucura confiante em ter deixado a máquina, desperdiçando bom fôlego. Gritei bem alto e ninguém respondeu. Nenhuma criatura parecia estar se movendo naquele mundo iluminado pela lua.

Quando cheguei ao gramado, meus piores temores se concretizaram. Nenhum vestígio da máquina. Senti-me fraco e com frio quando encarei o espaço vazio entre o emaranhado escuro de arbustos. Corri em volta dele furiosamente, como se a coisa pudesse estar escondida em um canto, e então parei abruptamente, com minhas mãos agarrando meu cabelo. Acima de mim erguia-se a esfinge, sobre o pedestal de bronze, branca, brilhante, leprosa, à luz da lua nascente. Ela parecia zombar da minha consternação.

Poderia ter me consolado imaginando que os pequeninos haviam colocado o mecanismo em algum abrigo para mim, se eu não tivesse certeza de sua inadequação física e intelectual. Isso é o que me desanimava: a sensação de algum poder, até então oculto, cuja intervenção havia feito minha invenção desaparecer. No entanto, por um único motivo, eu tinha uma certeza: a menos que alguma outra era tivesse produzido sua duplicata exata, a máquina não poderia ter se movido no tempo. A remoção das alavancas, cujo método lhes mostrarei mais tarde, impedia que alguém manipulasse a máquina. Ela havia sido movida e estava escondida apenas no Espaço. Então, onde poderia estar?

Acho que devo ter passado por uma espécie de frenesi. Lembro-me de correr violentamente para dentro e para fora entre os arbustos iluminados pela lua ao redor da esfinge e assustar algum animal branco, que, na penumbra, considerei um pequeno cervo. Lembro-me também, tarde daquela noite, de ter batido nos arbustos com meu punho até que meus nós dos dedos estivessem cortados e sangrando por causa dos galhos que quebrei. Então, soluçando e delirando em minha angústia, desci para o grande edifício de pedra. O grande salão estava escuro, silencioso e deserto. Escorreguei no chão irregular e caiu sobre uma das mesas de malaquita, quase quebrando minha canela. Acendi um fósforo e passei pelas cortinas empoeiradas, sobre as quais já lhes falei.

Lá eu encontrei um segundo grande salão coberto com almofadas, sobre o qual, talvez, uma dezena de pessoas pequenas estivessem dormindo. Não tenho dúvidas de que eles acharam minha segunda aparição estranha o suficiente, chegando de repente, saindo da escuridão silenciosa com ruídos inarticulados, além do estalo e do clarão de um fósforo. Pois eles haviam se esquecido dos fósforos. "Onde está minha Máquina do Tempo?" Comecei gritando como uma criança zangada, colocando as mãos sobre eles e sacudindo-os. Deve ter sido muito estranho para eles. Alguns riram, a maioria deles parecia terrivelmente assustada. Quando os vi parados ao meu redor, ocorreu-me que estava fazendo a coisa mais tola que era possível fazer nas circunstâncias, ao tentar reviver a sensação de medo. Pois, raciocinando com base em seu comportamento à luz do dia, pensei que deveriam ter esquecido o que era medo.

De repente, derrubei o fósforo e, derrubando uma das pessoas em meu caminho, saí cambaleando pelo grande refeitório novamente, sob o luar. Ouvi gritos de terror e seus pezinhos correndo e tropeçando de um lado para o outro. Não me lembro de tudo o que fiz enquanto a lua rastejava no céu. Acredito que foi a natureza inesperada de minha perda que me enlouqueceu. Sentia-me irremediavelmente isolado de minha própria espécie, um estranho animal em um mundo desconhecido. Devo ter delirado para lá e para cá, gritando e clamando por Deus e pelo Destino. Lembro-me de um cansaço horrível, à medida que a longa noite de desespero passava, de procurar nesse lugar impossível, de tatear entre ruínas iluminadas pela lua e tocar estranhas criaturas nas sombras negras e, enfim, de deitar no chão perto da esfinge e chorar de miséria absoluta, até que a raiva pela insensatez de ter deixado a máquina sozinha tivesse acabado junto com as minhas forças. Não senti mais nada além de desespero. Depois dormi e, quando acordei, já era pleno dia e dois pardais saltitavam à minha volta na relva ao alcance da minha mão.

Sentei-me no frescor da manhã, tentando me lembrar de como havia chegado lá e por que tive uma sensação tão profunda de desamparo e desespero. Então as coisas ficaram claras em minha mente. Com a luz clara do dia, pude encarar minhas circunstâncias de maneira justa. Percebi a loucura do meu frenesi durante a noite e consegui raciocinar.

Supondo o pior, eu disse, supondo que a máquina esteja totalmente perdida, talvez destruída, cabe a mim ter calma e paciência, aprender o jeito das pessoas, ter uma ideia clara da minha perda e dos meios para conseguir materiais e ferramentas, para que no fim, talvez, eu possa fazer outra. Essa seria minha única esperança, uma bem fraca, mas melhor do que o desespero. E, afinal, aquele era um mundo lindo e curioso.

Mas provavelmente a máquina só fora roubada. Ainda assim, deveria ter calma e paciência, encontrar seu esconderijo e recuperá-la à força ou com minha astúcia. E com isso me levantei e olhei ao redor, me perguntando onde eu poderia tomar um banho. Sentia-me cansado, tenso e sujo pela viagem.

O frescor da manhã me fez desejar refrescar-me também. Estava exaurido pelas minhas emoções. Na verdade, enquanto estava resolvendo o que fazer, me surpreendi pensando em minha intensa irritação durante a noite. Fiz um exame cuidadoso do terreno ao redor do pequeno gramado. Perdi algum tempo em questionamentos fúteis, transmitidos, da melhor maneira que pude, aos pequeninos que apareciam. Todos eles falharam em entender meus gestos; alguns simplesmente ficavam apáticos, outros pensavam que era uma brincadeira e riam de mim. Tive a difícil tarefa de manter minhas mãos longe de seus rostinhos bonitos e risonhos. Era um impulso tolo, mas o diabo gerado por meu medo e raiva cega estava mal contido e ainda ansioso para tirar vantagem de minha perplexidade. A relva deu um conselho melhor. Encontrei um sulco aberto na grama, a meio caminho entre o pedestal da esfinge e as marcas dos meus pés, onde, ao chegar, tive dificuldades para revirar a máquina. Havia outros sinais de remoção ao redor, com pegadas estranhas e estreitas como aquelas que poderiam ter sido deixadas por uma preguiça. Isso direcionou minha atenção para o pedestal. Ele era de bronze, como acho que já mencionei. Não era um mero bloco, mas algo extremamente decorado com painéis emoldurados em cada lado. Eu fui e bati neles. O pedestal era oco. Examinando os painéis com cuidado, descobri uma diferença entre as molduras. Não havia maçanetas ou fechaduras, mas possivelmente os painéis, se fossem portas, como eu acreditei, abririam por dentro. Uma coisa estava bem clara para mim. Não era preciso ser um gênio para saber que minha Máquina do Tempo estava dentro do pedestal. Mas como isso aconteceu era outro problema.

Vi a cabeça de duas pessoas com vestes cor de laranja vindo através dos arbustos e sob algumas macieiras cobertas de flores em minha direção. Virei-me sorrindo para eles e acenei para que eles chegassem perto de mim. Eles vieram e então, apontando para o pedestal de bronze, tentei expressar meu desejo de abri-lo. Mas, ao meu primeiro gesto em relação a isso, eles se comportaram de maneira muito estranha. Não sei como explicar a reação deles para vocês. Imaginem que vocês usassem um gesto grosseiramente impróprio para uma mulher delicada, é assim que ela reagiria. Eles partiram como se tivessem recebido o pior insulto possível. Em seguida, tentei conversar com um homenzinho que estava vestido de branco, mas obtive o mesmo resultado. De alguma forma, suas maneiras me fizeram sentir vergonha de mim mesmo. Mas, como vocês sabem, eu queria a Máquina do Tempo, e tentei mais uma vez. Quando ele escapou, como os outros, fui tomado pela raiva novamente. Fui atrás dele e em três passadas consegui segurá-lo pela gola solta do manto e comecei a arrastá-lo em direção à esfinge. Então eu vi o horror e repugnância em seu rosto e deixei-o ir imediatamente.

No entanto, eu ainda não havia sido derrotado. Bati com meu punho nos painéis de bronze. Achei ter ouvido algo se mexer lá dentro; para ser mais exato, achei ter ouvido um som parecido com uma risada, mas devo ter me enganado. Então peguei uma grande pedra do rio e martelei até achatar uma espiral decorativa e o azinhavre saiu em pequenos flocos. Os pequeninos delicados devem ter ouvido minhas marteladas a 1 quilômetro de distância em ambos os lados, mas não deu em nada. Eu vi uma multidão deles nas encostas, olhando furtivamente para mim. Por fim, com calor e cansado, sentei-me para vigiar o lugar. Mas estava inquieto demais para ficar de guarda por muito tempo; sou ocidental demais para uma longa vigília. Poderia trabalhar em um problema por anos, mas ficar aguardando por 24 horas... isso é outro assunto.

Levantei-me depois de um tempo e comecei a andar sem rumo em meio aos arbustos em direção à colina novamente. "Paciência", disse a mim mesmo. "Se você quiser sua máquina de novo, deve deixar essa esfinge em paz. Se eles pretendem levar sua máquina embora, não adianta você destruir seus painéis de bronze e, se não o fizerem, você a receberá de volta assim que conseguir falar com eles. É inútil sentar-se entre todas aquelas coisas desconhecidas diante de um quebra-cabeça como esse. Isso é paranoia. Hora de enfrentar este mundo. Aprenda seus caminhos, observe, tome cuidado com suposições muito precipitadas sobre seu significado. No fim, você encontrará respostas para tudo". De repente, percebi a ironia da situação: pensei nos anos que passei estudando e labutando para viajar ao futuro, e agora minha paixão e ansiedade para sair dele. Tinha feito para mim a armadilha mais complicada e desesperadora que um homem já inventou. Embora fosse às minhas próprias custas, não pude evitar. Comecei a rir alto.

Passando pelo grande palácio, pareceu-me que os pequenos me evitavam. Pode ter sido minha fantasia ou pode ter sido por causa do meu martelar nos portões de bronze. Mesmo assim, sentia que eles me evitavam. Tive o cuidado, no entanto, de não mostrar nenhuma preocupação e abster-me de persegui-los, e no decorrer de um ou dois dias as coisas voltariam ao normal. Fiz todo o progresso que pude no idioma e, além disso, aumentei minhas explorações aqui e ali. Ou perdi algum ponto sutil ou a linguagem deles era extremamente simples, quase exclusivamente composta de substantivos e verbos concretos. Parecia haver poucos termos abstratos, ou nenhum, e pouco uso de linguagem figurativa. Suas sentenças eram geralmente simples e compostas por duas palavras, e eu não consegui compreender qualquer frase mais complexa. Decidi parar de pensar na minha Máquina do Tempo e no mistério das portas de bronze sob a esfinge até adquirir conhecimento suficiente para voltar a eles de uma forma natural. No entanto, vocês podem me entender, havia um certo sentimento mantendo-me em um círculo de alguns quilômetros ao redor do ponto de minha chegada.

CAPÍTULO VIII
Explicação

PELO QUE PUDE VER, O MUNDO TODO EXIBIA A MESMA RIQUEZA exuberante do vale do Tâmisa. Em cada colina que eu escalava, via a mesma abundância de edifícios esplêndidos, infinitamente variados em materiais e estilos, os mesmos aglomerados de árvores perenes, as mesmas árvores carregadas de flores e samambaias. Aqui e ali a água brilhava como prata e, mais além, a terra se erguia em colinas ondulantes e azuis, e assim desaparecia na serenidade do céu. Uma característica peculiar, que atraiu minha atenção naquele momento, foi a presença de alguns poços circulares, vários, ao que me parecia, de grande profundidade. Um ficava ao lado do caminho que subia a colina que eu havia subido durante minha primeira caminhada. Assim como os outros, era margeado de bronze, curiosamente forjado e protegido da chuva por uma pequena cúpula. Sentado ao lado desses poços e olhando para baixo na escuridão, não pude ver nenhum brilho de água, nem avistar qualquer reflexo com um fósforo aceso. Mas em todos eles ouvi um som estranho: um som surdo, uma batida, como a batida de um grande motor; descobri também com a chama dos meus fósforos que havia uma corrente constante de ar que descia pelas hastes. Além disso, joguei um pedaço de papel no gargalo de um dos poços e, em vez de flutuar lentamente para baixo, foi sugado rapidamente e desapareceu.

Depois de um tempo, também, associei esses poços com torres altas aqui e ali nas encostas; pois, acima delas, frequentemente havia no ar apenas uma oscilação semelhante ao que se vê em um dia quente acima de uma praia ensolarada. Juntando as coisas, cheguei a uma forte sugestão de um extenso sistema de ventilação subterrânea, cuja verdadeira importância era difícil de imaginar. A princípio, fiquei inclinado a associá-lo ao serviço sanitário daquelas pessoas. Foi uma conclusão óbvia, mas absolutamente errada.

Devo admitir que aprendi muito pouco sobre sistemas de esgoto, meios de transporte e conveniências semelhantes durante meu tempo neste futuro real. Em algumas dessas visões de Utopias e tempos vindouros que tenho lido, há uma grande quantidade de detalhes sobre construção e acordos sociais e assim por diante. Mas, embora esses detalhes sejam fáceis de obter quando o mundo inteiro está contido na imaginação, eles são totalmente inacessíveis para um verdadeiro viajante em meio às realidades que encontrei aqui. Imaginem o que um negro, recém-chegado da África Central, contaria sobre Londres para sua tribo! O que ele saberia das companhias ferroviárias, dos movimentos sociais, das linhas telefônicas e telegráficas, da empresa de entrega de encomendas, correios e serviços semelhantes? No entanto, nós, pelo menos, estaríamos dispostos a explicar essas coisas a ele! E mesmo depois de aprender sobre esses assuntos, o quanto ele poderia fazer seu amigo que nunca esteve aqui apreender ou acreditar? Agora, imaginem como é pequeno o intervalo entre um negro e um homem branco em nossos tempos, e quão grande é o intervalo entre eu e essas criaturas da Idade de Ouro! Tinha consciência das muitas coisas invisíveis que contribuíam para o meu conforto; mas, exceto por uma impressão geral de organização automática, receio não ser capaz de transmitir algo sobre as diferenças.

No que diz respeito às sepulturas, por exemplo, não pude ver sinais de crematórios nem nada que sugerisse túmulos. Mas me ocorreu que, possivelmente, poderia haver cemitérios (ou crematórios) em algum lugar além do alcance de minhas explorações. Isso, novamente, foi uma pergunta que fiz a mim mesmo e minha curiosidade ficou a princípio totalmente insatisfeita. O fato me intrigava e levou-me a fazer uma observação adicional que me deixava ainda mais perplexo: não havia idosos nem enfermos entre esse povo.

Devo confessar que minha satisfação com minhas primeiras teorias de uma civilização automática e uma humanidade decadente não durou muito. No entanto, não conseguia pensar em nenhuma outra. Deixe-me explicar minhas dificuldades. Os vários palácios que eu havia explorado eram meros locais de moradia, grandes salas de jantar e dormitórios. Não consegui encontrar nenhuma máquina, nenhum tipo de aparelho. No entanto, essas pessoas estavam sempre vestidas com tecidos agradáveis que às vezes precisam ser renovados, e suas sandálias, embora sem enfeites, eram objetos bastante complexos de trabalho em metal. De alguma forma, essas coisas tinham de ser produzidas em algum local. E essas pequenas criaturas não exibiam nenhum vestígio de tendência criativa. Não havia lojas, oficinas, nenhum sinal de importação entre eles. Passavam todo o seu tempo brincando com delicadeza, banhando-se no rio, fazendo amor de maneira lúdica, comendo frutas e dormindo. Eu não conseguia entender como as coisas funcionavam.

Então, novamente, a Máquina do Tempo: algo, eu não sabia o quê, a levara para dentro do pedestal oco da Esfinge Branca. Por quê? Não conseguia imaginar. Aqueles poços sem água, as colunas de ventilação. Senti que me faltava uma pista. Senti... Como posso explicar?... Vamos imaginar que vocês encontram uma inscrição em excelente inglês, com frases aqui e ali, interpoladas com outras palavras, ou até mesmo letras, absolutamente desconhecidas para vocês? Bem, no terceiro dia da minha visita, foi assim que o mundo de 802.701 se apresentou a mim!

Naquele dia, também fiz uma amiga, digamos assim. Aconteceu que, enquanto eu observava alguns dos pequeninos se banhando em águas rasas, um deles teve cãibras e começou a ser arrastado pela correnteza rio abaixo. A corrente principal corria bastante veloz, mas não muito forte, mesmo para um nadador modesto. No entanto, vocês terão uma ideia da estranha alienação dessas criaturas, quando eu lhes disser que nenhuma delas fez a menor tentativa de resgatar a pequenina que estava se afogando diante de seus olhos. Quando percebi o que estava acontecendo, rapidamente tirei minhas roupas e, entrando em um ponto mais abaixo na água, peguei a pobrezinha e trouxe-a em segurança até a margem. Uma pequena fricção nos membros logo a trouxe de volta, e tive a satisfação de ver que ela estava bem antes de deixá-la ir. Eu já havia chegado a uma avaliação tão negativa de sua espécie que não esperava nenhuma gratidão dela. Desta vez, entretanto, eu estava enganado.

Isso aconteceu de manhã. À tarde, enquanto voltava de uma exploração, encontrei minha pequenina mulher, como acredito que era, e ela me recebeu com gritos de alegria e me presenteou com uma grande guirlanda de flores, evidentemente feita para mim e apenas para mim. O ocorrido despertou minha imaginação. Muito provavelmente, eu estava me sentindo abandonado. De qualquer forma, fiz o possível para mostrar meu apreço pelo presente. Logo estávamos sentados juntos em um pequeno caramanchão de pedra, engajados em uma conversa, cheia de sorrisos. A amabilidade da criatura me tocava exatamente como a de uma criança. Trocamos flores e ela beijou minhas mãos. Eu fiz o mesmo com ela. Depois, tentei conversar e descobri que seu nome era Weena, e embora não soubesse o significado, de alguma forma parecia apropriado. Foi o início de uma amizade esquisita que durou uma semana e acabou, como lhes contarei a seguir!

Ela era exatamente como uma criança. Queria estar sempre comigo. Tentava me seguir por toda parte, em todas as minhas jornadas para explorar o local e partia meu coração deixá-la para trás, exausta e me chamando de maneira chorosa. Mas os problemas desse mundo precisavam ser esclarecidos. Eu não tinha vindo ao futuro, disse a mim mesmo, para entregar-me a um namoro em miniatura. No entanto, sua angústia quando a deixava era muito grande; às vezes suas reclamações na hora de se despedir eram frenéticas, e acho que, no geral, tive tanto aborrecimento quanto satisfação com sua devoção. No entanto, ela era, de alguma forma, um grande conforto. Achava que ela se agarrava a mim por mero afeto infantil. Até quando já era tarde demais, eu não percebi claramente o mal que lhe causava quando a deixava. E também, só quando já era tarde demais entendi claramente o que ela significava para mim. Pois, pelo simples fato de parecer gostar de mim, e demonstrar do seu jeito frágil e frívolo que se preocupava comigo, aquela pequenina criatura, que parecia uma bonequinha, logo deu ao meu retorno às vizinhanças da Esfinge Branca a impressão de voltar para casa; e assim que eu subia a colina, já procurava sua pequenina figura branca e dourada.

Foi por meio dela também que aprendi que o medo ainda não havia deixado o mundo. Ela era corajosa à luz do dia e tinha em mim a mais estranha confiança; pois, certa vez, em um momento de irritação, fiz caretas ameaçadoras para ela, e ela simplesmente riu delas. Ela temia o escuro, as sombras, temia qualquer objeto preto. A escuridão para ela era a única coisa terrível. Era um sentimento singularmente impetuoso que me fez pensar e observar. Descobri então, entre outras coisas, que essas pequenas criaturas se reuniam nos grandes edifícios após o anoitecer e dormiam em grupos. Entrar no meio deles sem luz era colocá-los em pânico. Nunca encontrei um ao ar livre nem dormindo sozinho depois de escurecer. No entanto, a minha estupidez não me deixou aprender a lição desse medo e apesar da angústia de Weena, eu insistia em dormir longe desses grupos.

Ela ficava muito incomodada, mas no fim sua estranha afeição por mim triunfou, e em cinco das noites que ficamos juntos, incluindo a última, ela dormiu com a cabeça apoiada em meu braço. Mas, falando dela, eu me desvio da minha história. Deve ter sido na noite anterior ao resgate de Weena, quando acordei de madrugada. Estava inquieto, tive um sonho desagradável com anêmonas tocando meu rosto com seus tentáculos moles. Acordei assustado e com uma estranha sensação de que algum animal acinzentado acabara de sair correndo do cômodo. Tentei dormir de novo, mas me sentia inquieto e desconfortável. Era aquela hora escura e cinzenta quando as coisas estão começando a sair da escuridão, quando as coisas não têm cor definida e tudo ainda é irreal. Levantei-me e desci para o grande salão e fui até as escadarias em frente ao palácio. Resolvi aproveitar o momento e ver o nascer do sol.

A lua estava se pondo e sua luz moribunda se misturava à primeira palidez do amanhecer para criar uma meia-luz sinistra.

Os arbustos eram pretos como breu, o solo era cinza e sombrio, o céu sem cor e sem alegria. Acreditei ter visto fantasmas no alto da colina. Várias vezes, enquanto examinava a encosta, vi figuras brancas. Por duas vezes imaginei ter visto uma criatura branca e solitária, semelhante a um macaco, correndo rapidamente colina acima, e uma vez perto das ruínas vi um grupo deles carregando um corpo escuro. Eles se moviam apressadamente. Não consegui ver o que aconteceu com eles. A impressão foi de que desapareceram entre os arbustos. Ainda era madrugada, como vocês podem compreender, eu estava experimentando aquela sensação fria e indefinida do amanhecer. Duvidava de meus olhos.

À medida que o céu ficava mais claro no lado leste, a luz do dia surgia e suas cores vivas voltavam ao mundo mais uma vez, examinei meu campo de visão com atenção. Porém, não vi vestígios de minhas figuras brancas. Eram meras visões na madrugada. "Devem ser fantasmas", pensei, "imagino que devem ser bem velhos". Naquele momento, uma estranha teoria de Grant Allen veio à minha cabeça e me divertiu. Segundo ele, se cada geração que morrer, deixar seus fantasmas, o mundo acabará ficando superlotado com eles. Segundo essa teoria, em 800 mil anos eles seriam inumeráveis e não seria de se admirar ver quatro de uma vez. Mas a diversão não foi satisfatória e continuei pensando nesses vultos a manhã toda, até que o resgate de Weena os tirou da minha cabeça. Associei-os de forma indefinida com o animal branco que eu havia assustado em minha primeira busca frenética pela Máquina do Tempo. Mas Weena foi um substituto agradável.

Mesmo assim, eles estavam destinados a ocupar, muito em breve, a minha mente de forma muito mais apavorante.

Acho que já mencionei que a temperatura na Era de Ouro era muito mais quente do que a nossa. Não sei como explicar isso. Pode ser que o sol estivesse mais quente ou a terra mais próxima dele. É comum presumir que o sol continuará resfriando continuamente no futuro. Mas as pessoas, não familiarizadas com especulações como as de Darwin mais jovem, esquecem que os planetas devem finalmente cair de volta um a um no corpo do qual se formaram. À medida que essas catástrofes ocorrerem, o sol brilhará com energia renovada; e pode ser que algum planeta interior tenha tido esse destino. Seja qual for o motivo, o fato é que o sol estava muito mais quente do que o que temos agora.

Bem, certa manhã muito quente, acho que era minha quarta manhã, enquanto eu procurava abrigo do calor e do brilho em uma ruína colossal perto do grande edifício onde eu dormia e me alimentava, aconteceu uma coisa estranha. Escalando entre esses montes de alvenaria, encontrei uma galeria estreita, cujas extremidades e janelas laterais estavam bloqueadas por grandes quantidades de pedras. Em contraste com o brilho do lado de fora, a princípio parecia impossível penetrar naquela escuridão para mim. Entrei tateando, pois a mudança da luz para a escuridão fazia com que manchas coloridas flutuassem diante de mim. De repente, parei fascinado. Um par de olhos, iluminados pelo reflexo contra a luz do dia, estava me observando na escuridão.

O velho pavor instintivo de bestas selvagens veio sobre mim. Apertei minhas mãos e fixamente olhei para aqueles olhos brilhantes. Tive medo de me virar. O pensamento da segurança absoluta em que a humanidade parecia estar vivendo veio à minha mente. Então, lembrei-me do estranho terror que a escuridão provocava naquelas criaturas. Superando meu medo até certo ponto, dei um passo adiante e falei. Admito que minha voz era áspera e demonstrava insegurança. Estendi minha mão e toquei em algo macio. Imediatamente, os olhos se voltaram para o lado e algo branco passou correndo por mim. Fiquei com o coração na boca e vi uma pequena figura estranha parecida com um macaco, a cabeça abaixada de forma peculiar, passar correndo pelo espaço iluminado pelo sol atrás de mim. Ela esbarrou em um bloco de granito, cambaleou para o lado e, em um instante, escondeu-se em uma sombra negra sob outra pilha de escombros.

É claro que minha impressão foi imperfeita; mas sei que era uma criatura com uma cor branca opaca e tinha olhos vermelhos acinzentados, grandes e estranhos; também que havia cabelos cor de palha na cabeça e nas costas. Mas, como eu disse, foi rápido demais para eu ver com clareza. Não posso nem dizer se ele corria de quatro ou apenas com os antebraços abaixados. Depois de um momento de pausa, o segui até o segundo monte de ruínas. Não consegui encontrá-lo a princípio; mas, depois de algum tempo na escuridão profunda, cheguei a uma daquelas aberturas redondas na forma de poço das quais lhes falei, meio escondida por uma coluna caída. Um pensamento repentino me ocorreu. Poderia esta Coisa ter desaparecido no poço? Acendi um fósforo e, olhando para baixo, vi uma criatura pequena, branca, em movimento, com grandes olhos brilhantes que me olharam fixamente enquanto se retirava. Isso me fez estremecer. Era tão parecido com uma aranha humana! Ele estava escalando a parede, e agora eu vi pela primeira vez uma série de apoios de metal para os pés e as mãos formando uma espécie de escada que descia pelo poço. Então o fósforo queimou meus dedos e se apagou ao cair da minha mão e, quando acendi outro, o monstrinho havia desaparecido.

Não sei quanto tempo fiquei olhando para o fundo do poço. Não demorou muito para que eu conseguisse me convencer de que a coisa que tinha visto era humana. Mas, gradualmente, eu percebi a verdade: o Homem não havia permanecido em uma única espécie, mas se dividira em dois animais distintos. Aquelas criaturas graciosas do Mundo Superior não eram os únicos descendentes de nossa geração, essa Coisa noturna, esbranquiçada e obscena, que passara por mim de relance, também era herdeira de todas as épocas anteriores.

Pensei nas colunas oscilantes e na minha teoria de uma ventilação subterrânea. Comecei a suspeitar de sua verdadeira importância. E me perguntei o que esse "lêmure" vinha fazer em meu esquema de uma organização perfeitamente equilibrada? Como isso se relacionava com a serenidade indolente dos belos habitantes do Mundo Superior? O que estava escondido lá embaixo, no fundo daquele poço? Sentei-me na beira do poço dizendo a mim mesmo que, de qualquer modo, não havia nada a temer e que deveria descer para encontrar a solução de meus problemas. Ao mesmo tempo, estava com muito medo de ir! Enquanto eu hesitava, dois dos belos habitantes do mundo superior vieram correndo em seu jogo amoroso saindo da luz do dia e entrando na sombra. O macho perseguia a fêmea, atirando-lhe flores enquanto corria.

Pude perceber que eles ficaram angustiados ao me encontrar ali, meu braço apoiado na coluna tombada, olhando para baixo. Aparentemente, era falta de educação observar essas aberturas, pois quando apontei para o poço e tentei formular uma pergunta em sua língua, eles ficaram visivelmente ainda mais angustiados e se afastaram. Mas eles ficaram interessados em meus fósforos e acendi alguns para diverti-los. Tentei novamente perguntar sobre o poço e novamente não obtive resultado. Então, logo os deixei com o propósito de procurar Weena para ver se ela poderia me dar alguma informação. Mas, uma revolução estava acontecendo na minha mente; minhas suposições e impressões estavam sofrendo um novo ajuste. Eu tinha agora uma pista da importância desses poços, das colunas de ventilação, do mistério dos fantasmas; sem falar de uma dica sobre o significado dos portões de bronze e do destino da Máquina do Tempo! E, muito vagamente, ocorreu-me uma solução para o problema econômico que havia me intrigado.

Agora eu tinha uma nova visão. Claramente, esta segunda espécie humana era subterrânea. Três circunstâncias em particular me fizeram pensar que suas raras visitas acima do solo eram o resultado de um prolongado hábito de viver no subterrâneo. Em primeiro lugar, havia a aparência descolorida comum na maioria dos animais que vivem a maior parte do tempo no escuro, os peixes brancos das cavernas de Kentucky, por exemplo. Depois, aqueles olhos grandes, com a capacidade de refletir luz, característicos dos animais noturnos, como a coruja e o gato. E, por último, aquela confusão evidente causada pela luz do sol, aquela fuga apressada, embora desajeitada, em busca da escuridão, e aquele porte peculiar de abaixar a cabeça na presença de luz, tudo reforçava a teoria de uma sensibilidade extrema da retina.

Debaixo dos meus pés, então, a terra deveria ter uma enorme quantidade de túneis, e esses túneis eram o habitat da Nova Raça. A presença de poços e colunas de ventilação ao longo das encostas das colinas, em toda parte, na verdade, exceto ao longo do vale do rio, indicava que suas ramificações eram inúmeras. Não seria então natural assumir que era neste mundo subterrâneo artificial que o trabalho necessário era realizado para o conforto da raça diurna? A noção era tão plausível que eu imediatamente a aceitei e passei a assumir como explicação para essa divisão da espécie humana. Ouso dizer que vocês já preveem a formulação da minha teoria; embora, por mim mesmo, logo descobri que estava bem longe da verdade.

A princípio, partindo dos problemas de nossa época, parecia-me claro como a luz do dia que o alargamento gradual da diferença social atual, meramente temporária, entre o capitalista e o operário, era a chave de toda a posição. Sem dúvida, isso lhes parecerá bastante grotesco e absolutamente inacreditável! Mas, mesmo agora, existem circunstâncias que indicam nessa direção. Há uma tendência de utilizar o espaço subterrâneo para fins menos nobres da civilização; temos o Metropolitan Railway em Londres, por exemplo, há novas ferrovias elétricas, metrôs, escritórios e restaurantes subterrâneos, e eles aumentam e se multiplicam. Evidentemente, eu pensei, essa tendência havia aumentado até que a indústria gradualmente perdera seu direito de existir à luz do sol. Quero dizer que ela tinha se aprofundado cada vez mais em fábricas subterrâneas cada vez maiores, gastando uma quantidade cada vez maior de seu tempo ali, até que, por fim...! Mesmo atualmente, um trabalhador dos bairros mais pobres não vive em condições tão artificiais que foi praticamente excluído da superfície natural da terra?

Mais uma vez, a tendência exclusivista das pessoas mais ricas, devido, sem dúvida, ao refinamento crescente de sua educação e ao abismo crescente entre elas e a rude violência dos pobres, já está levando ao fechamento, em favor delas, de porções consideráveis da superfície da terra. Em Londres, por exemplo, talvez a metade mais bonita do país esteja fechada para estranhos. E este mesmo abismo crescente, que se deve ao extenso e dispendioso processo educacional superior e das crescentes facilidades e tentações para hábitos refinados por parte dos ricos, fará com que o intercâmbio entre classes, a realização de casamentos mistos que atualmente retarda a divisão de nossa espécie ao longo de linhas de estratificação social, sejam cada vez menos frequentes. Portanto, no fim das contas, acima do solo teremos os Ricos, buscando prazer, conforto e beleza, e abaixo do solo, os Pobres, os Trabalhadores se adaptando continuamente às condições de seu trabalho. Uma vez lá embaixo, sem dúvida teriam de pagar aluguel, e não pouco, para a ventilação de suas cavernas; e se recusassem, morreriam de fome ou seriam sufocados por causa do atraso. Os rebeldes e os miseráveis estariam condenados a morrer. No fim, o equilíbrio permanente seria atingido e os sobreviventes se tornariam tão bem adaptados às condições da vida subterrânea e tão felizes à sua maneira quanto os habitantes do Mundo Superior estariam às suas. Segundo me parecia, a beleza refinada e a palidez debilitada seguiam com bastante naturalidade.

O grande triunfo da Humanidade, com o qual eu havia sonhado, tomou uma forma diferente em minha mente. Não foi o triunfo da educação moral e da cooperação geral que eu imaginava. Em vez disso, vi uma verdadeira aristocracia, armada com uma ciência aperfeiçoada e trabalhando para uma conclusão lógica do sistema industrial de hoje. Seu triunfo não foi simplesmente um triunfo sobre a Natureza, mas um triunfo sobre a Natureza e o próximo. Devo avisá-los que essa era minha teoria na época. Não tinha cicerone providencial no padrão dos livros utópicos. Minha explicação pode estar absolutamente errada. Contudo, ainda acho que é a mais plausível. Mas mesmo com essa suposição, a civilização equilibrada que foi finalmente alcançada devia ter ultrapassado seu apogeu há muito tempo e estava agora em decadência. A segurança perfeita demais dos habitantes do Mundo Superior os levara a um lento movimento de degeneração, a uma diminuição geral em tamanho, força e inteligência. Isso eu já podia ver claramente. O que tinha acontecido com os habitantes do Mundo Subterrâneo eu ainda não suspeitava; mas, pelo que tinha visto dos Morlocks, a propósito esse era o nome pelo qual essas criaturas eram chamadas, eu poderia imaginar que a modificação do tipo humano era ainda mais profunda do que entre os "Elóis", a bela raça que eu já conhecia.

Então surgiram dúvidas preocupantes. Por que os Morlocks tinham levado minha Máquina do Tempo? Porque tinha certeza de que foram eles que a pegaram. E, por que, se os Elóis eram os senhores, eles não podiam me devolver a máquina? Por que eles tinham tanto medo do escuro? Tentei, como já disse, questionar Weena sobre esse Mundo Subterrâneo, mas novamente fiquei desapontado. A princípio ela não entendeu minhas perguntas e, logo depois, recusava-se a respondê-las. Ela estremecia como se o assunto fosse insuportável. E quando a pressionei, talvez um pouco duramente, ela começou a chorar. Foram as únicas lágrimas, exceto as minhas, que vi naquela Era de Ouro. Ao vê-la em prantos, parei abruptamente de me preocupar com os Morlocks, e só fiquei preocupado em banir os sinais da herança humana dos olhos de Weena. E logo ela estava sorrindo e batendo palmas, enquanto eu solenemente queimava um fósforo.

CAPÍTULO IX

Os Morlocks

PODE PARECER-LHES ESTRANHO, MAS PASSARAM-SE DOIS DIAS até que pudesse seguir a pista recém-descoberta do que era sem dúvida o caminho correto. Sentia uma aversão peculiar daqueles corpos pálidos. Eles tinham a mesma cor esbranquiçada dos vermes e animais que são preservados no álcool em um museu zoológico. E eles eram terrivelmente frios ao toque. Provavelmente, esta aversão se devia em grande parte à minha simpatia pelos Elóis, cujo repugnância pelos Morlocks eu começava a compreender.

Na noite seguinte, não dormi bem. Provavelmente minha saúde estava um pouco perturbada. Fui oprimido pela perplexidade e pela dúvida. Uma ou duas vezes tive uma sensação de medo intenso, para a qual não pude perceber nenhuma razão definida. Lembro-me de que me esgueirei silenciosamente para dentro do grande salão onde as pequenas criaturas dormiam à luz do luar; naquela noite Weena estava lá e senti-me reconfortado com a presença deles. Naquele momento, ocorreu-me que no decorrer de alguns dias a lua estaria no seu quarto minguante e as noites seriam mais escuras, e então seriam mais numerosas as aparições dessas desagradáveis criaturas subterrâneas, esses "lêmures" esbranquiçados, esses novos vermes que haviam substituído os antigos. E nesses dois dias tive a inquietação de quem foge de um dever inevitável. Tive a certeza de que a Máquina do Tempo só seria recuperada penetrando com ousadia nesses mistérios do subsolo. Mesmo assim, não consegui enfrentar o mistério. Se eu tivesse uma companheira, teria sido diferente. Mas eu estava terrivelmente sozinho, e até mesmo a simples ideia de descer pela escuridão do poço me aterrorizava. Não sei se vocês entenderão meus sentimentos, mas nunca me senti muito seguro pensando no que poderia estar atrás de mim.

Foi essa inquietação, essa insegurança, talvez, que me afastou cada vez mais para longe em minhas expedições de exploração. Indo para o Sudoeste em direção à região emergente que agora é chamada de Combe Wood, observei ao longe, na direção da Banstead do século XIX, uma vasta estrutura verde, de características diferentes de qualquer uma que eu tinha visto até então. Era maior do que o maior dos palácios ou ruínas que eu conhecia, e a fachada tinha um estilo oriental. A parte da frente brilhava e tinha um coloração verde-clara, uma espécie de verde-azulado, parecia um certo tipo de porcelana chinesa. Essa diferença de aspecto sugeria uma diferenciação em sua utilização, e eu estava decidido a prosseguir e explorar. Mas já estava ficando tarde, e eu havia avistado o lugar depois de um longo e cansativo circuito. Resolvi então adiar a aventura para o dia seguinte e voltei à boa acolhida e aos carinhos da pequena Weena. Porém, na manhã seguinte, percebi claramente que a minha curiosidade em relação ao Palácio de Porcelana Verde era um mero pretexto para me permitir evitar, por outro dia, a experiência que tanto temia. Decidi fazer a descida sem perder mais tempo e parti bem cedo pela manhã para um poço perto das ruínas de granito e alumínio.

A pequena Weena correu comigo. Ela dançou ao meu lado até chegar ao poço, mas quando me viu inclinar sobre a sua boca e olhar para baixo, pareceu estranhamente desconcertada. "Até logo, pequena Weena", eu disse, beijando-a; e então, colocando-a no chão, comecei a tatear o parapeito para encontrar os ganchos da escalada. Devo confessar que fazia tudo com muita pressa, pois temia que minha coragem pudesse se esvair! No início, ela me olhou com espanto. Então ela deu um grito doloroso e, correndo até mim, começou a me puxar com suas mãozinhas. Acho que sua oposição me incentivou mais a prosseguir. Eu a sacudi, talvez um pouco bruscamente, e no instante seguinte já estava na boca do poço. Vi seu rosto agoniado sobre o parapeito e sorri para tranquilizá-la. Depois tive de olhar para os ganchos instáveis aos quais me agarrava.

Tive de descer um poço de talvez 180 metros. A descida foi realizada por meio de barras metálicas projetadas nas laterais do poço, e como elas eram adaptadas às necessidades de uma criatura muito menor e mais leve que eu, logo fiquei com cãibras e cansado com a descida. E não simplesmente cansado! Uma das barras dobrou-se repentinamente com meu peso e quase me jogou na escuridão abaixo. Por um momento fiquei pendurado por uma mão, e depois daquela experiência não me atrevi a descansar novamente. Embora meus braços e costas estivessem doendo muito, continuei escalando a descida íngreme com o movimento mais rápido possível. Olhando para cima, vi a abertura, um pequeno disco azul, no qual uma estrela era visível, enquanto a cabeça da pequena Weena parecia uma projeção preta redonda. O ruído surdo de uma máquina abaixo ficava mais alto e opressor. Tudo, exceto aquele pequeno disco acima, estava profundamente escuro, e quando olhei para cima novamente, Weena havia desaparecido.

Senti profunda agonia e desconforto. Pensei em tentar subir o poço novamente e deixar o Mundo Subterrâneo em paz. Mas mesmo enquanto pensava nisso, continuava a descer. Por fim, com intenso alívio, vi vagamente, uns 30 centímetros à minha direita, uma estreita abertura na parede. Girando o corpo, descobri que era a abertura de um estreito túnel horizontal no qual eu poderia deitar e descansar. Já não era sem tempo. Meus braços doíam, minhas costas estavam com cãibra e eu tremia com o medo prolongado de uma queda. Além disso, a escuridão contínua tinha um efeito perturbador sobre meus olhos. O ar estava cheio de batidas e zumbidos de máquinas que bombeavam ar pelo poço.

Não sei quanto tempo eu fiquei deitado lá. Fui despertado por uma mão macia tocando meu rosto. Tateando na escuridão, agarrei meus fósforos e, acendendo um rapidamente, vi três criaturas brancas curvadas semelhantes à que eu tinha visto acima do solo nas ruínas, recuando apressadamente diante da luz. Vivendo daquele modo, no que me parecia uma escuridão impenetrável, seus olhos eram anormalmente grandes e sensíveis, assim como as pupilas dos peixes abismais, e refletiam a luz da mesma maneira. Não tenho dúvidas de que eles podiam me ver naquela obscuridade total e não pareciam ter medo de mim a não ser pela luz. Mas, assim que acendi um fósforo para vê-los, eles fugiram incontinentes, desaparecendo em sarjetas e túneis escuros, de onde seus olhos me fitaram da maneira mais estranha.

Tentei chamá-los, mas a linguagem deles era aparentemente diferente da usada pelas criaturas do Mundo Superior; de modo que fui abandonado aos meus próprios esforços sem ajuda, e o pensamento de fugir dali antes de explorar já estava em minha mente. Mas eu disse a mim mesmo: "Agora você está aqui" e, tateando o caminho ao longo do túnel, descobri que o barulho das máquinas ficava mais alto. Logo as paredes se afastaram de mim e cheguei a um grande espaço aberto e, riscando outro fósforo, vi que havia entrado em uma enorme caverna em arco, que se estendia na escuridão total, além do alcance de minha luz. A visão que eu tinha era a mesma que se podia ver quando se acende um fósforo.

Inevitavelmente, minha lembrança é vaga. Formas imensas, como grandes máquinas, emergiram da penumbra e projetavam sombras escuras grotescas, nas quais os espectrais e obscuros Morlocks se protegiam da claridade. O lugar, aliás, era muito abafado e opressor, e o débil aroma de sangue recém-derramado pairava no ar. Em algum ponto da vista central havia uma pequena mesa de metal branco sobre a qual parecia estar colocada uma refeição. Os Morlocks com certeza eram carnívoros! Mesmo na época, lembro-me de me perguntar que animal grande poderia ter sobrevivido para fornecer a peça vermelha que vi. Era tudo muito indistinto, o cheiro forte, as formas grandes e sem sentido, os vultos brancos à espreita nas sombras, e apenas esperando a escuridão para virem novamente até mim! Em seguida, o fósforo queimou meus dedos e caiu da minha mão, uma mancha vermelha se contorcendo na escuridão.

Foi então que pensei como estava mal equipado para aquela experiência. Quando comecei com a Máquina do Tempo, parti da absurda suposição de que os homens do futuro certamente estariam muito à frente de nós em termos de equipamentos. Havia vindo sem braços, sem medicamentos, sem nada para fumar e às vezes sentia uma falta terrível de tabaco! Até mesmo sem fósforos suficientes. Se ao menos eu tivesse pensado em uma máquina fotográfica Kodak! Poderia ter capturado aquela visão do Mundo Subterrâneo em um segundo e examinado sem pressa. Mas, do jeito que estava, fiquei ali apenas com as armas e os poderes que a natureza havia me proporcionado: mãos, pés e dentes; estes e quatro fósforos de segurança que ainda permaneciam comigo.

Estava com medo de abrir caminho entre todas aquelas máquinas no escuro, e foi apenas com meu último vislumbre de luz que descobri que meu estoque de fósforos estava baixo. Nunca tinha me ocorrido até aquele momento que havia qualquer necessidade de economizá-los, e eu tinha desperdiçado quase metade da caixa para surpreender os habitantes do Mundo Subterrâneo, para quem o fogo era uma novidade. Agora, como disse, eu tinha quatro fósforos sobrando e, enquanto permanecia no escuro, uma mão tocou a minha, dedos magros tocaram meu rosto e senti um odor peculiar e desagradável. Imaginei ter ouvido a respiração de uma multidão daqueles pequenos seres terríveis ao meu redor. Senti que tentavam gentilmente retirar a caixa de fósforos da minha mão, e outras mãos atrás de mim puxavam minha roupa. O sentimento dessas criaturas invisíveis me apalpando foi indescritivelmente desagradável. A súbita percepção de minha ignorância de suas maneiras de pensar e agir veio à minha mente de forma muito vívida na escuridão. Gritei com eles o mais alto que pude. Eles começaram a se afastar e, então, pude senti-los se aproximando de mim novamente. Eles me agarraram com mais ousadia, sussurrando sons estranhos um para o outro. Estremeci violentamente e gritei de novo, bastante dissonante. Desta vez, eles não ficaram tão alarmados e soltaram uma risada esquisita ao se aproximarem de mim. Confesso que fiquei terrivelmente assustado. Decidi riscar outro fósforo e escapar sob a proteção de seu brilho. Fiz isso e, apagando o brilho com um pedaço de papel do bolso, retirei-me para o túnel estreito. Mas eu mal tinha entrado aqui quando minha luz foi apagada e na escuridão eu podia ouvir os Morlocks farfalhando como o vento entre as folhas, e tamborilando como a chuva, enquanto corriam atrás de mim.

Em um instante, fui agarrado por várias mãos e não havia dúvida de que eles estavam tentando me puxar de volta. Acendi outro fósforo e balancei diante de seus rostos ofuscados. Vocês não podem imaginar como eles pareciam nauseantemente desumanos, aqueles rostos pálidos e sem queixo, com grandes olhos rosa acinzentados, sem pálpebras, enquanto me encaravam cegados pela luz e perplexos. Mas não fiquei ali parado e recuei de novo, e, quando meu segundo fósforo se apagou, acendi o terceiro. Ele já havia quase queimado todo quando alcancei a abertura do poço. Deitei na beirada, pois a vibração da grande bomba abaixo me deixou tonto. Então, tateei de lado procurando os ganchos salientes e, ao fazer isso, meus pés foram agarrados por trás e fui violentamente puxado para trás. Acendi meu último fósforo... e ele apagou-se imediatamente. Mas agora minha mão estava nas barras de escalada e, chutando violentamente, me desvencilhei das garras dos Morlocks e estava escalando rapidamente o poço, enquanto eles ficavam olhando e piscando para mim; todos, menos um pequeno desgraçado que me seguiu parte do caminho e quase arrancou minha bota como troféu.

Essa subida parecia interminável para mim. Com os últimos seis ou nove metros, uma náusea mortal tomou conta de mim. Tive a maior dificuldade em manter o controle. Os últimos metros foram uma luta terrível contra essa fraqueza. Várias vezes minha cabeça girou e eu senti todas as sensações de queda. Por fim, porém, consegui chegar à boca do poço de alguma forma e cambaleei para fora das ruínas para a luz ofuscante do sol. Caí de cara no chão. Até o chão tinha um cheiro doce e parecia limpo. Então me lembro de Weena beijando minhas mãos e orelhas, e as vozes de outras pessoas entre os Elóis. Então, por um tempo, fiquei sem sentidos.

CAPÍTULO X

Ao Chegar a Noite

Agora, de fato, minha situação parecia pior do que antes. Até então, exceto durante a minha noite de angústia com a perda da Máquina do Tempo, eu mantinha uma esperança de conseguir fugir, mas essa esperança foi abalada por essas novas descobertas. Até então eu apenas me julgava impedido pela simplicidade infantil das pequenas criaturas e por algumas forças desconhecidas que eu só precisava entender para superar; mas havia um elemento totalmente novo na natureza doentia dos Morlocks, algo desumano e maligno. Instintivamente, eu os detestava. Antes, eu me sentia como um homem que caiu em um buraco e minha preocupação era com o buraco e como sair dele. Agora eu me sentia como uma besta em uma armadilha, cujo inimigo está prestes a chegar.

O inimigo que eu temia poderá surpreendê-los. Era a escuridão da lua nova. Weena colocara isso na minha cabeça por meio de algumas observações, a princípio incompreensíveis, sobre as Noites Negras. Agora, não era tão difícil adivinhar o que as próximas noites escuras significavam. A lua estava no quarto minguante e a cada noite havia um intervalo maior de escuridão. E agora eu entendia até certo ponto, pelo menos, a razão pela qual os pequenos habitantes do Mundo Superior temiam as trevas. Eu me perguntei vagamente que barbaridades os Morlocks poderiam fazer sob a lua nova. Tinha certeza agora de que minha segunda hipótese estava totalmente errada. Os habitantes do

Mundo Superior poderiam ter sido a aristocracia favorecida e os Morlocks seus servos mecânicos, mas isso já havia passado. As duas espécies que resultaram da evolução do homem estavam caindo para – ou já havia chegado a – um relacionamento totalmente novo. Os Elóis, como os reis Carlovignan, decaíram a uma mera bela futilidade. Eles ainda possuíam a terra na tolerância, já que os Morlocks, subterrâneos por inúmeras gerações, finalmente descobriram que a superfície iluminada pelo dia era intolerável. Deduzi, então, que os Morlocks faziam suas roupas e as mantinham em suas necessidades habituais, talvez pela sobrevivência de um antigo hábito de servir. Eles agiam como um cavalo empinado que ergue as patas dianteiras ou como um homem que gosta de matar animais por esporte, porque as necessidades ancestrais e perdidas haviam sido impressas em seu organismo. Mas, claramente, a velha ordem já estava parcialmente invertida. A nêmesis dos delicados avançava lentamente. Séculos atrás, milhares de gerações antes, o homem expulsara seu irmão do conforto e do sol. E agora aquele irmão estava voltando... transformado! Os Elóis já haviam começado a aprender uma velha lição novamente. Eles estavam se familiarizando de novo com o medo. E de repente veio à minha cabeça a memória da carne que eu tinha visto no Mundo Subterrâneo. Parecia estranho como aquilo flutuava em minha mente, não havia sido provocado pela corrente de minhas meditações, mas vindo quase como uma pergunta feita por alguém de fora. Tentei me lembrar de sua forma. Tive uma vaga sensação de algo familiar, mas eu não sabia o que era naquele momento.

Ainda assim, por mais indefesos que fossem os pequeninos na presença de seu medo misterioso, eu era constituído de maneira diferente. Eu saí dessa nossa era, esse amadurecimento da raça humana, quando o medo não paralisa e o mistério perdeu seus terrores. Eu pelo menos me defenderia. Sem mais delongas, decidi fazer para mim mesmo algumas armas e arrumar um local protegido onde pudesse dormir. Com aquele refúgio como base, eu poderia enfrentar aquele mundo estranho com um pouco da confiança que perdi ao perceber a quais criaturas noite após noite eu estava exposto. Senti que nunca mais conseguiria dormir até que minha cama estivesse protegida contra eles. Estremeci de terror ao pensar como eles já deviam ter me examinado.

Durante a tarde toda vaguei pelo vale do Tâmisa, mas não encontrei nada que eu considerasse inacessível. Todos os edifícios e árvores pareciam fáceis para escaladores hábeis como os Morlocks deveriam ser, a julgar por seus poços. Então, os altos pináculos do Palácio de Porcelana Verde e o brilho polido de suas paredes voltaram à minha memória; e à noite, segurando Weena como uma criança em meus ombros, subi as colinas em direção ao Sudoeste. Eu havia calculado que a distância seria de aproximadamente 11 ou 12 quilômetros, mas devia ser quase 19. Tinha visto o lugar pela primeira vez em uma tarde úmida, quando as distâncias deixam as coisas aparentemente diminuídas. Além disso, o salto de uma de minhas botas estava solto e um prego havia furado a sola, eram botas velhas e confortáveis que eu usava dentro de casa, de modo que eu andava como um manco. Já havia passado um bom tempo depois do pôr do sol quando avistei o palácio, sua silhueta negra contra o amarelo pálido do céu.

Weena ficou imensamente feliz quando comecei a carregá-la, mas depois de um tempo ela quis que eu a colocasse no chão para correr ao meu lado, ocasionalmente usando uma das mãos para colher flores e enfiá-las em meus bolsos. Eles sempre deixaram Weena confusa, mas no fim ela concluiu que eram uma espécie excêntrica de vasos para arranjos florais. Pelo menos ela os utilizava para esse propósito. E isso me faz lembrar de uma coisa! Ao trocar meu casaco eu descobri...

O Viajante do Tempo fez uma pausa, colocou a mão no bolso e silenciosamente colocou duas flores murchas, não muito diferentes de malvas brancas, porém bem maiores sobre a mesinha. Então ele retomou sua narrativa.

– À medida que o silêncio da noite pairava sobre o mundo e prosseguíamos pela crista da colina em direção a Wimbledon, Weena se cansou e quis voltar para a casa de pedra cinza. Mas eu apontei os pináculos distantes do Palácio da Porcelana Verde para ela, e consegui fazê-la entender que estávamos buscando ali um refúgio para seu medo. Vocês conhecem aquela imensa pausa que vem antes do anoitecer? Até a brisa deixa de soprar nas árvores. Para mim, há sempre um ar de expectativa em relação à quietude do anoitecer. O céu estava limpo, distante e vazio, exceto por algumas listras horizontais na linha do poente. Bem, naquela noite a expectativa tomou a cor dos meus medos. Naquela calmaria noturna, meus sentidos pareciam sobrenaturalmente aguçados. Tive a impressão de que podia até sentir o solo oco sob meus pés. Podia, de fato, quase ver através dele os Morlocks em seu formigueiro indo para lá e para cá e esperando que a noite chegasse. Na minha agitação, imaginei que eles entenderiam minha invasão de suas tocas como uma declaração de guerra. E por que eles haviam levado minha Máquina do Tempo?

Então continuamos no silêncio, e o crepúsculo se aprofundou em noite. O azul-claro da distância desbotou e as estrelas apareceram uma após a outra. O solo e as árvores ficaram totalmente escuros. Os medos de Weena e seu cansaço aumentaram. Eu a peguei em meus braços, conversei com ela e a acariciei. Então, quando a escuridão ficou mais profunda, ela colocou os braços em volta do meu pescoço e, fechando os olhos, pressionou o rosto com força contra meu ombro. Assim, descemos uma longa encosta até um vale, e ali, na penumbra, quase caí em um pequeno riacho. Vadeei o riacho e subi pelo lado oposto do vale, passando por várias casas-dormitórios e por uma estátua, um fauno, ou alguma figura semelhante, sem a cabeça. Aqui também havia acácias. Até agora eu não tinha visto nenhum Morlock, mas ainda era o começo da noite, e as horas mais escuras antes que a velha lua surgisse ainda estavam por vir.

Do alto da próxima colina, vi um denso bosque que se espalhava amplo e negro diante de mim. Hesitei. Não conseguia ver o fim, nem à direita nem à esquerda. Sentindo-me cansado e com meus pés particularmente muito doloridos, baixei Weena do ombro com cuidado, parei e me sentei na grama. Não conseguia mais ver o Palácio da Porcelana Verde e tinha dúvidas sobre minha direção. Olhei para o bosque espesso e pensei no que ele poderia esconder. Sob aquele denso emaranhado de galhos, uma criatura não veria nem as estrelas. Mesmo que não houvesse outro perigo à espreita, perigo esse que eu não queria colocar em meus pensamentos, ainda haveria todas as raízes e troncos de árvores nos quais eu poderia tropeçar ou bater. Além disso, também estava muito cansado, após a agitação do dia. Então, decidi que não enfrentaria o desconhecido, mas passaria a noite no alto da colina.

Fiquei feliz em descobrir que Weena estava dormindo profundamente. Enrolei-a cuidadosamente em meu casaco e sentei-me ao seu lado para esperar o nascer da lua. A colina estava quieta e deserta, mas da escuridão da floresta vinha de vez em quando uma agitação de coisas vivas. Acima de mim brilhavam as estrelas, pois a noite estava muito clara. Sentia uma certa sensação de conforto amigo no brilho delas. Todas as velhas constelações haviam desaparecido do céu. Aquele movimento lento que é imperceptível em uma centena de vidas humanas, há muito as rearranjara em grupos diferentes. Mas a Via Láctea, parecia-me, ainda era a mesma faixa esfarrapada de poeira estelar de outrora. Para o lado sul (como julgava) havia uma estrela vermelha muito brilhante que era nova para mim; era ainda mais brilhante do que nossa verde Sirius. E em meio a todos esses pontos cintilantes de luz, um planeta brilhava firme e delicado como o rosto de um velho amigo.

De repente, olhar para essas estrelas diminuiu meus próprios problemas e todas as situações sérias da vida terrestre. Pensei em sua distância insondável e na lenta e inevitável deriva de seus movimentos do passado desconhecido para o futuro desconhecido. Pensei no grande ciclo de precessão que o polo da Terra descreve. Apenas quarenta vezes essa revolução silenciosa tinha ocorrido durante todos os anos que eu havia atravessado. E durante essas poucas revoluções, toda a atividade, todas as tradições, as organizações complexas, as nações, línguas, literaturas, aspirações, até mesmo a mera lembrança do homem como eu o conhecia, haviam sido varridas da existência. Em vez disso, estavam essas criaturas frágeis que haviam esquecido seus ancestrais e as coisas brancas as quais eu temia. Depois, pensei no Grande Medo que havia entre as duas espécies e, pela primeira vez, com um súbito arrepio, tive clara consciência do que poderia ser a carne que eu tinha visto. No entanto, era horrível demais! Olhei para a pequena Weena dormindo ao meu lado, seu rosto branco e pálido sob as estrelas, e imediatamente rejeitei o pensamento.

Durante aquela longa noite, mantive minha mente longe dos Morlocks o mais que pude e passei o tempo tentando imaginar que poderia encontrar sinais das velhas constelações em meio à nova confusão. O céu mantinha-se muito claro, exceto por uma nuvem que passava. Sem dúvida, eu cochilava às vezes. Então, à medida que minha vigília ia avançando, o céu começou a empalidecer a Leste, como o reflexo de um fogo invisível, e a velha lua surgiu, fina e esbranquiçada. E logo atrás, dominando-a e envolvendo-a, surgiu a aurora, pálida a princípio, e depois rosa e cálida. Nenhum Morlock se aproximara de nós. Na verdade, eu não tinha visto nenhum na colina naquela noite. Com a confiança de um dia renovado, quase me pareceu que meu medo tinha sido irracional. Levantei-me e descobri que meu tornozelo estava inchado e o calcanhar dolorido; então sentei-me novamente, tirei as botas e as joguei longe.

Acordei Weena e descemos para o bosque, agora verde e agradável em vez de negro e ameaçador. Encontramos algumas frutas para o desjejum. Logo encontramos outros Elóis, rindo e dançando sob a luz do sol, como se a noite não existisse na natureza. E então pensei mais uma vez na carne que tinha visto. Eu tive certeza do que se tratava, e do fundo do meu coração tive pena desse último e humilde riacho em que se transformara o grande rio da humanidade. Claramente, em algum momento do longo passado da decadência humana, o alimento dos Morlocks tinha acabado. Possivelmente eles passaram a comer ratos e animais semelhantes. Mesmo nos dias atuais, o homem está longe de ser seletivo e exclusivista em relação à sua alimentação; qualquer macaco é muito mais do que o homem. Seu preconceito contra a carne humana não é um instinto enraizado. E assim agem esses filhos desumanos dos homens... Tentei encarar a coisa com espírito científico. Afinal, eles eram menos humanos e mais remotos do que nossos ancestrais canibais de 3 ou 4 mil anos atrás. E a inteligência que veria este estado de coisas como uma tragédia não existia mais. Por que deveria me preocupar? Os Elóis eram simples gado de engorda, que os Morlocks, assim como formigas, preservavam, provavelmente cuidando da procriação, para depois abater. E lá estava Weena dançando ao meu lado!

Em seguida, tentei me proteger do horror que se abatia sobre mim, considerando-o uma punição rigorosa do egoísmo humano.

O homem se contentou em viver com facilidade e deleite do trabalho de seus semelhantes, tomou a Necessidade como sua senha e desculpa, e com o passar do tempo a Necessidade voltou para ele. Até tentei adotar uma atitude de escárnio, como a do professor Carlyle, diante daquela aristocracia miserável em decadência. Mas essa atitude mental era impossível para mim. Por maior que fosse sua degradação intelectual, os Elóis haviam mantido muito da forma humana para fazer jus à minha simpatia e para me obrigar a ser um participante de sua degradação e de seu Medo.

Tinha, naquela ocasião, ideias muito vagas sobre o curso que deveria seguir. Minha primeira ideia era garantir algum lugar seguro para refúgio e fazer para mim armas de metal ou de pedra que pudesse idealizar. Essa necessidade era imediata. Em segundo lugar, esperava encontrar meios de produzir fogo, para que tivesse uma tocha à mão, pois sabia que nada seria mais eficiente contra esses Morlocks. Depois, eu queria arranjar algum objeto para quebrar as portas de bronze sob a Esfinge Branca. Tinha em mente um aríete[3]. Tive a convicção de que se pudesse entrar por aquelas portas carregando uma tocha diante de mim, poderia descobrir onde estava a Máquina do Tempo e escapar. Não conseguia imaginar que os Morlocks fossem fortes o suficiente para movê-la para longe. Tinha resolvido trazer Weena comigo para nossa época. Analisando todos esses esquemas, prossegui a caminho do edifício que minha imaginação havia escolhido como nossa moradia.

---

(3) Aríete: antiga máquina de guerra que foi largamente utilizada nas Idades Antiga e Média para romper muralhas ou portões de castelos, fortalezas e povoações fortificadas.

CAPÍTULO XI

O Palácio de Porcelana Verde

Chegamos ao Palácio da Porcelana Verde por volta do meio-dia e o encontramos deserto e caindo em ruínas. Apenas vestígios de vidros quebrados permaneciam nas janelas e grandes folhas do revestimento verde haviam caído da estrutura metálica corroída. Ele ficava no alto de uma colina coberta de relva e, olhando para o Nordeste antes de entrar, fiquei surpreso ao ver um grande estuário, ou mesmo um braço do mar, onde julguei que ficavam Wandsworth e Battersea no passado. Pensei então, embora muito rapidamente, o que poderia ter acontecido, ou poderia estar acontecendo, com os animais marinhos.

Examinando o material do palácio, comprovei que realmente era porcelana, e ao longo de sua fachada vi uma inscrição em caracteres desconhecidos. Tive um pensamento tolo de que Weena poderia me ajudar a interpretá-los, mas só descobri que a mera ideia de escrever nunca havia passado por sua cabeça. Acho que ela sempre me parecia mais humana do que era, talvez porque sua afeição parecia tão humana.

Passando pelos grandes batentes da porta, que estavam aberta e quebrada, encontramos, em vez do corredor habitual, uma longa galeria iluminada por muitas janelas laterais. À primeira vista, lembrei-me de um museu. O chão de ladrilhos estava cheio de poeira, e uma notável variedade de objetos diversos estava envolta na mesma cobertura cinza. Então percebi algo estranho e esquelético no centro do salão, o que era claramente a parte inferior de um esqueleto enorme. Reconheci pelos pés oblíquos que se tratava de alguma criatura extinta do tipo do Megatério (preguiças-gigantes). O crânio e os ossos superiores estavam ao lado, na poeira espessa, e em um lugar, onde a água da chuva caíra por um vazamento no telhado, o esqueleto havia apodrecido. Mais adiante na galeria estava o enorme esqueleto de um Brontossauro. Minha hipótese de que se tratava de um museu foi confirmada. Indo para o lado, encontrei o que pareciam ser prateleiras inclinadas e, limpando a poeira espessa, encontrei as velhas e familiares vitrines de nossa época. Mas elas deviam estar hermeticamente fechadas, a julgar pelo excelente estado de conservação de alguns de seus conteúdos.

Claramente estávamos entre as ruínas de algum antigo museu de South Kensington! Aqui, aparentemente, era a seção de paleontologia, e devia ter sido uma coleção esplêndida de fósseis; embora o inevitável processo de decomposição adiado por um tempo, e que, através da extinção de bactérias e fungos, perdera 99% de sua força, houvesse com toda certeza, embora com extrema lentidão, retomado seu trabalho em todos aqueles tesouros. Aqui e ali encontrei vestígios dos pequeninos em forma de fósseis raros quebrados em pedaços ou enfiados em cordas sobre juncos. Em alguns casos, as vitrines haviam sido removidas fisicamente, pelos Morlocks, suponho. O lugar estava muito silencioso. A poeira espessa amortecia nossos passos. Weena, que estava rolando um ouriço-do-mar pelo vidro inclinado de uma caixa, veio logo até mim, enquanto eu olhava ao meu redor, e muito silenciosamente pegou minha mão e ficou ao meu lado.

A princípio fiquei tão surpreso com esse antigo monumento de uma era intelectual que nem pensei nas possibilidades que ele apresentava. Até mesmo minha preocupação com a Máquina do Tempo sumiu um pouco da minha mente.

A julgar pelo tamanho do lugar, esse Palácio de Porcelana Verde abrigava muito mais do que uma Galeria de Paleontologia; possivelmente galerias históricas; poderia ser até mesmo uma biblioteca! Para mim, pelo menos em minhas atuais circunstâncias, isso seria muito mais interessante do que esse espetáculo da geologia dos velhos tempos em decadência. Explorando, encontrei outra pequena galeria que corria transversalmente com a primeira. Parecia ser dedicada a minerais, e a visão de um bloco de enxofre fez minha mente pensar em pólvora. Porém, não consegui encontrar salitre; na verdade, nenhuma espécie de nitrato. Sem dúvida, eles haviam desaparecido há muito tempo. No entanto, não tirei o enxofre da cabeça e estabeleci uma linha de pensamento. Quanto aos demais conteúdos daquela galeria, embora no geral fossem os mais bem preservados de tudo o que vi, não me despertaram muito interesse. Não sou especialista em mineralogia e segui por um corredor bem arruinado, paralelo ao primeiro corredor em que entrei. Aparentemente, essa seção era dedicada à história natural, mas há muito tempo que tudo ali ficara irreconhecível. Alguns resíduos ressecados e enegrecidos do que um dia foram animais empalhados, múmias desidratadas em vasos que outrora contiveram álcool, montes de poeira marrom de plantas mortas... isso era tudo! Lamentei por isso, porque eu ficaria feliz em identificar os reajustes lentos pelos quais a conquista da natureza animada tinha sido obtida. Então chegamos a uma galeria de proporções simplesmente colossais, mas singularmente mal iluminada. O chão descia em um leve ângulo a partir da entrada. O local devia ter sido iluminado artificialmente, pois havia globos brancos pendurados em intervalos no teto e muitos deles estavam rachados e quebrados. Aqui eu me senti mais em meu elemento, pois de cada lado erguiam-se massas enormes de máquinas gigantes, todas muito corroídas e muitas quebradas, mas algumas ainda quase perfeitas. Vocês conhecem minha fraqueza pela mecânica e estava disposto a me demorar entre aquelas máquinas; tanto mais que, na maior parte, elas eram como quebra-cabeças, e eu só poderia fazer suposições vagas sobre suas utilidades. Imaginei que se eu pudesse resolver seus mistérios, estaria de posse de poderes que poderiam ser usados contra os Morlocks.

De repente, Weena aproximou-se de mim. Tão de repente que ela me assustou. Se não fosse por ela, acho que não teria notado que o chão da galeria era inclinado. Pode ser, é claro, que o chão não fosse inclinado, mas que o museu havia sido construído na encosta de uma colina. A extremidade em que cheguei ficava bem acima do solo e era iluminada por poucas janelas estreitas em forma de fenda. À medida que se descia no sentido do comprimento, o chão se elevava em relação às janelas, até que finalmente havia um poço como a "área" de uma casa em Londres diante de cada uma das janelas, e apenas uma linha estreita de luz do dia no alto. Continuei bem devagar, intrigado com as máquinas, e estava muito concentrado nelas que não notara a diminuição gradual da luz, até que a apreensão crescente de Weena chamou minha atenção. Então eu vi que a galeria terminava em densa escuridão. Hesitei e então, ao olhar em volta, vi que a poeira era menos abundante e a superfície menos plana. Um pouco mais adiante, na escuridão, parecia que a poeira tinha várias pegadas estreitas. Tive novamente a sensação da presença dos Morlocks. Senti que estava perdendo meu tempo no exame acadêmico das máquinas. Lembrei que a tarde já estava avançada e que eu ainda não tinha arma, nem refúgio e nenhum meio de fazer fogo. E então, lá embaixo, na escuridão remota da galeria, ouvi um tamborilar peculiar e os mesmos ruídos estranhos que ouvira no poço.

Peguei a mão de Weena. Então, tive uma ideia repentina, deixei-a e virei-me para uma máquina da qual se projetava uma alavanca não muito diferente das de uma caixa de sinalização. Subindo na plataforma e segurando essa alavanca em minhas mãos, coloquei todo o meu peso sobre sua lateral. De repente, Weena, parada no corredor central, começou a choramingar. Tinha calculado com bastante precisão a força da alavanca e ela se quebrou após um minuto de esforço. Juntei-me a Weena com um bastão em minha mão, que eu julgava mais do que suficiente para quebrar qualquer crânio de Morlock que eu pudesse encontrar. E eu já desejava há muito matar alguns Morlocks. Vocês podem achar muito desumano da minha parte desejar matar meus próprios descendentes! Mas era impossível, de alguma forma, sentir alguma humanidade naqueles seres. Apenas minha relutância em deixar Weena, e a certeza de que se eu começasse a saciar minha fúria exterminadora, minha Máquina do Tempo poderia sofrer com isso, me impediram de ir direto para a galeria e matar os animais que eu ouvia.

Com o bastão em uma das mãos e Weena na outra, saí daquela galeria e entrei em outra ainda maior, que à primeira vista me lembrou uma capela militar com bandeiras esfarrapadas penduradas. Eu imediatamente reconheci que aqueles trapos marrons e carbonizados pendurados nas laterais eram os vestígios decadentes de livros. Há muito que haviam se desintegrado e não havia nenhuma impressão visível. Mas aqui e ali havia tábuas empenadas e fechos metálicos rachados que contavam a história muito bem. Se eu fosse um literato, talvez pudesse ter falado sobre a futilidade de toda ambição. Mas do jeito que as coisas aconteceram, o que mais me impressionou foi o enorme desperdício de trabalho demonstrado por essa selva de sombras de papel podre. Na época, vou confessar que pensei principalmente nas Transações Filosóficas e em meus próprios 17 artigos sobre óptica física.

Então, subindo uma larga escadaria, chegamos ao que pode ter sido uma galeria de química técnica. E lá eu tinha esperança de fazer descobertas úteis. Exceto em uma extremidade onde o telhado havia desabado, essa galeria estava bem preservada. Olhei cada vitrine com muito entusiasmo. E, finalmente, em uma das caixas herméticas, encontrei uma caixa de fósforos.

Experimentei-os com muito entusiasmo. Eles estavam em perfeito estado. Nem sequer estavam úmidos. Virei-me para Weena e gritei em seu idioma: "Dance". Por enquanto, eu tinha uma arma contra as criaturas horríveis que temíamos. E então, naquele museu abandonado, sobre o tapete espesso e macio de poeira, para enorme deleite de Weena, eu solenemente executei uma espécie de dança composta, assobiando "*The Land of the Leal*" (*A Terra dos Fiéis*) tão alegremente quanto me era possível. Foi uma mistura de cancã, sapateado e uma dança de roda (até onde meu casaco permitia), mas também original. Pois, como vocês sabem, sou naturalmente inventivo.

Ainda acho que o fato de essa caixa de fósforos ter escapado do desgaste do tempo por centenas de milhares de anos foi muito estranho e, para mim, muito afortunado. Contudo, estranhamente, encontrei uma substância muito mais improvável ainda, a cânfora. Encontrei-a em um frasco lacrado, que por acaso, suponho, foi realmente hermeticamente fechado. A princípio imaginei que fosse cera de parafina e quebrei o vidro de acordo. Mas o cheiro de cânfora era inconfundível. Na decadência universal, essa substância volátil sobreviveu por acaso, talvez por muitos milhares de séculos. Isso me lembrou de uma pintura em sépia que eu tinha visto ser executada com a tinta de um fóssil de belemnite que deve ter morrido e se tornado fóssil há milhões de anos. Eu estava prestes a jogar a cânfora fora, mas lembrei-me que era inflamável e queimava com uma boa chama brilhante, como, de fato, uma excelente vela, e coloquei-a no bolso. Não encontrei nenhum explosivo, entretanto, nem qualquer meio de derrubar as portas de bronze. Por enquanto, minha alavanca de ferro era a coisa mais útil que eu havia encontrado. Mesmo assim, deixei aquela galeria muito eufórico.

Não posso contar toda a história daquela longa tarde. Seria necessário um grande esforço de memória para relembrar minhas explorações na ordem adequada. Lembro-me de uma longa galeria com estandes enferrujadas e de como hesitei entre minha barra de ferro e uma machadinha ou uma espada. Não podia carregar as duas, entretanto, e minha barra de ferro prometia ser melhor contra os portões de bronze. Havia várias armas, pistolas e rifles. A maioria estava reduzida a blocos de ferrugem, mas muitas eram de algum metal novo e ainda estavam bastante sólidas. Mas os cartuchos ou a pólvora haviam se transformado em pó. Um dos cantos da galeria estava carbonizado e destruído; pensei que talvez pudesse ter sido uma explosão de armas ou munições. Em outro lugar estava uma ampla variedade de ídolos, polinésios, mexicanos, gregos, fenícios, de todos os povos da terra, eu acho. E aqui, cedendo a um impulso irresistível, escrevi meu nome no nariz de um monstro de esteatita da América do Sul que particularmente me encantou.

À medida que a noite avançava, meu interesse diminuiu. Passei por galeria após galeria, empoeiradas, silenciosas, muitas vezes em ruínas, as exposições às vezes transformadas em montes de ferrugem e lignito e às vezes em melhor estado. Em um lugar, de repente me vi perto do modelo de uma mina de estanho, e então por mero acidente descobri, em uma caixa hermética, dois cartuchos de dinamite! Gritei "Eureca!" e quebrei o recipiente com entusiasmo. Então surgiu uma dúvida. Hesitei. E, escolhendo uma pequena galeria lateral, fiz minha experiência. Nunca me senti tão desapontado como ao esperar cinco, dez, quinze minutos por uma explosão que nunca veio. Claro que os cartuchos eram imitações, como eu poderia ter adivinhado. Realmente acredito que se não fosse assim, eu teria corrido imediatamente e explodido a Esfinge, as portas de bronze e (como pude perceber mais tarde) minhas chances de encontrar a Máquina do Tempo, todos de uma só vez.

Foi depois disso, eu acho, que chegamos a um pequeno pátio aberto dentro do palácio. Na relva havia três árvores frutíferas. Então, descansamos e nos revigoramos. Perto do pôr do sol, comecei a considerar nossa posição.

A noite estava se aproximando e meu esconderijo inacessível ainda não havia sido encontrado. Mas isso me incomodava muito pouco agora. Tinha em minhas mãos uma coisa que era, talvez, a melhor de todas as defesas contra os Morlocks.... eu tinha fósforos! Também tinha a cânfora no bolso, caso precisasse de uma chama mais forte. Pareceu-me que o melhor que poderíamos fazer seria passar a noite ao ar livre, protegidos por uma fogueira. Pela manhã iria reaver a Máquina do Tempo. Para isso, eu tinha, por enquanto, apenas minha barra de ferro. Mas agora, com os conhecimentos que obtive, me sentia muito diferente em relação àquelas portas de bronze. Até então, evitei forçá-las, principalmente por causa do mistério do outro lado. Elas nunca me deram a impressão de ser muito fortes, e eu esperava que minha barra de ferro fosse suficiente para o trabalho.

CAPÍTULO XII

Na Escuridão

SAÍMOS DO PALÁCIO ENQUANTO O SOL AINDA ESTAVA PARCIALMENTE acima do horizonte. Eu estava determinado a chegar à Esfinge Branca cedo na manhã seguinte e, antes do anoitecer, me propus a abrir caminho pelo bosque que havia me parado na viagem anterior. Meu plano era ir tão longe quanto possível naquela noite, e então, acender uma fogueira para dormir na proteção de seu brilho. Consequentemente, à medida que avançávamos, juntei todos os gravetos ou grama seca que vi, e logo estava com os braços cheios. Com essa carga, nosso progresso foi mais lento do que eu havia previsto e, além disso, Weena estava cansada. Também comecei a sentir-me sonolento e então a noite desceu antes de chegarmos ao bosque. Temendo a escuridão diante de nós, Weena teria parado na colina coberta de arbustos, mas com uma sensação de perigo iminente, que deveria de fato ter me servido de advertência, lancei-me a diante. Estava sem dormir há uma noite e dois dias, sentindo-me febril e irritado. Sentia que o sono me vencia e com ele os Morlocks.

Enquanto hesitávamos, vi três vultos agachados na escuridão dos arbustos atrás de nós. Havia grama e mato alto ao nosso redor, e eu não me sentia seguro com a abordagem insidiosa dessas criaturas. O bosque, eu calculei, tinha menos de 1 quilômetro de diâmetro. Se pudéssemos atravessá-lo e chegar até a encosta da colina, ao que me parecia, haveria um lugar de descanso certamente mais seguro; achei que com meus fósforos e minha cânfora eu conseguiria manter meu caminho iluminado durante a travessia do bosque. No entanto, era evidente que, se quisesse acender fósforos com as mãos, teria de abandonar minha lenha; então, um tanto relutantemente, eu a coloquei de lado. E então pensei em surpreender nossos amigos acendendo uma fogueira. Eu iria descobrir logo depois a enorme estupidez atroz desse ato, mas a princípio veio à minha mente como um movimento engenhoso para cobrir nossa retirada.

Não sei se vocês já pensaram que coisa rara é a chama na ausência do homem e em clima temperado. O calor do sol raramente é forte o suficiente para queimar, mesmo quando a luz se refrata nas gotas de orvalho, como às vezes acontece nas regiões tropicais. O raio pode explodir e escurecer, mas raramente dá origem a um incêndio generalizado. A vegetação em decomposição pode ocasionalmente arder com o calor de sua fermentação, mas isso raramente resultará em chamas. Nessa época de decadência, também, a arte de fazer fogo foi esquecida na terra. As línguas vermelhas que lambiam meu monte de madeira eram uma coisa totalmente nova e estranha para Weena.

Ela queria correr para o fogo e brincar com ele. Acredito que ela teria se lançado na fogueira se eu não a tivesse contido. Mas eu a agarrei e, apesar de seus esforços, entrei corajosamente no bosque a nossa frente. Por algum tempo, o brilho do meu fogo iluminou o caminho. Olhando para trás um instante, eu pude ver, através do emaranhado de troncos, que da minha pilha de gravetos o fogo havia se espalhado para alguns arbustos adjacentes, e uma linha curva de fogo estava subindo pela grama da colina. Dei uma gargalhada e virei novamente para as árvores enegrecidas do caminho. Estava muito escuro e Weena se agarrou a mim convulsivamente, mas ainda havia, enquanto meus olhos se acostumavam com a escuridão, luz suficiente para eu evitar os troncos. Acima de nós a escuridão era total, exceto onde uma fenda do céu azul remoto brilhava aqui e ali. Não acendi nenhum dos meus fósforos porque não tinha a mão livre. Em meu braço esquerdo carregava minha pequena amiga, em minha mão direita estava minha barra de ferro.

De alguma forma, não ouvi nada além dos galhos estalando sob meus pés, o leve farfalhar da brisa nas árvores, minha própria respiração e o latejar dos vasos sanguíneos em meus ouvidos. Então percebi pequenos passos atrás de mim. Continuei andando com determinação. As pisadas ficaram mais distintas e, então, ouvi o mesmo som estranho e vozes que tinha ouvido no Mundo Subterrâneo. Evidentemente havia vários Morlocks na região e eles estavam se aproximando de mim. Na verdade, no instante seguinte senti um puxão em meu casaco, e depois no meu braço. Weena estremeceu violentamente e ficou completamente imóvel.

Era hora de acender um fósforo, mas para isso tinha de colocar Weena no chão. Fiz isso e, enquanto remexia no bolso, uma luta começou na escuridão ao redor dos meus joelhos, Weena estava em total silêncio e os Morlocks fazendo seus ruídos peculiares. Pequenas mãos macias também apalpavam meu casaco e minhas costas, tocando até mesmo em meu pescoço. Então acendi o fósforo e tudo ficou mais claro. Segurei-o aceso e vi as costas brancas dos Morlocks correndo entre as árvores. Rapidamente tirei um pedaço de cânfora do bolso e me preparei para acendê-la assim que o fósforo apagasse. Em seguida, olhei para Weena. Ela estava deitada segurando meus pés e completamente imóvel, com o rosto no chão. Com um salto repentino, inclinei-me para ela. Mal parecia respirar. Acendi o bloco de cânfora e joguei-o no chão, e enquanto Morlocks e as sombras se afastavam com a luz, ajoelhei-me e a levantei. O bosque atrás de nós parecia cheio de agitação e sussurros daqueles seres!

Weena parecia ter desmaiado. Eu a coloquei cuidadosamente em meu ombro e me levantei para continuar; foi então que me dei conta de algo horrível: lidando com meus fósforos e com Weena, me virei várias vezes, e agora não tinha a menor ideia da direção que deveria seguir. Pelo que eu sabia, poderia estar voltado para o Palácio da Porcelana Verde. Eu estava suando frio. Tive de pensar rapidamente no que fazer. Decidi fazer uma fogueira e acampar onde estávamos. Coloquei Weena, ainda imóvel, sobre um tronco coberto de musgos, e muito rapidamente, quando meu primeiro pedaço de cânfora diminuiu, comecei a coletar gravetos e folhas. Aqui e ali, saindo da escuridão ao meu redor, os olhos dos Morlocks brilhavam como carbúnculos!

A cânfora ficou trêmula e se apagou. Acendi um fósforo e, ao fazê-lo, dois vultos brancos que se aproximavam de Weena dispararam para longe. Um estava tão cego pela luz que veio direto para mim, e senti seus ossos rangerem sob o golpe do meu punho. Ele deu um grito de dor, cambaleou um pouco e caiu. Acendi outro pedaço de cânfora e continuei arrumando minha fogueira. Logo notei que parte da folhagem acima de mim estava seca, pois desde minha chegada na Máquina do Tempo, há uma semana, nenhuma chuva havia caído. Então, em vez de procurar galhos caídos entre as árvores, comecei a pular e a puxar os galhos para baixo. Em pouco tempo tinha um fogo sufocante de madeira verde e galhos secos e podia economizar minha cânfora. Depois virei-me para onde Weena estava deitada, ao lado de minha barra de ferro. Tentei o que pude para reanimá-la, mas ela parecia morta. Não conseguia descobrir se ela respirava ou não.

Naquele momento, a fumaça do fogo veio em minha direção e deve ter me deixado completamente tonto. Além disso, o vapor de cânfora estava no ar. Minha fogueira não precisaria ser reabastecida por uma hora ou mais. Eu me sentia muito cansado depois do esforço e sentei-me. O bosque também parecia ter um murmúrio sonolento que eu não entendia. Pareceu-me que fechara os olhos e os abrira novamente. Mas tudo estava escuro e os Morlocks tinham as mãos sobre mim. Tirando aquelas mãos pegajosas de mim, procurei apressadamente no bolso a caixa de fósforos e.... ela havia sumido! Então eles me agarraram e começamos a lutar. Em um instante eu entendi o que havia acontecido. Eu havia dormido e meu fogo se apagara; a amargura da morte tomou conta de minha alma. A floresta parecia cheia do cheiro de madeira queimada. Fui agarrado pelo pescoço, pelos cabelos, pelos braços e puxado para baixo. Foi indescritivelmente horrível na escuridão sentir todas essas criaturas flácidas amontoadas sobre mim. Tive a impressão de estar preso em uma monstruosa teia de aranha. Fui dominado e derrubado. Senti os dentinhos beliscando meu pescoço. Rolei e, ao fazê-lo, minha mão bateu na barra de ferro. Isso me deu força. Lutei para me levantar, sacudindo os ratos humanos de cima de mim e, segurando firmemente a barra, comecei a golpear onde achei que seus rostos estariam. Podia sentir a suculenta oferta de carne e ossos sob meus golpes e, por um momento, fiquei livre.

A estranha exultação que tantas vezes parece acompanhar uma luta dura veio sobre mim. Eu sabia que tanto eu quanto Weena estávamos perdidos, mas decidi fazer os Morlocks pagarem por sua refeição. Fiquei de costas para uma árvore, balançando a barra de ferro diante de mim. A floresta inteira estava cheia de agitação e gritos deles. Um minuto se passou. Suas vozes pareciam ficar mais altas mostrando excitação, e seus movimentos ficaram mais rápidos. No entanto, nenhum se aproximava de mim. Fiquei olhando para a escuridão. Então, de repente, veio a esperança. E se os Morlocks estivessem com medo? E logo depois disso aconteceu uma coisa estranha. A escuridão parecia ficar mais iluminada. Muito vagamente comecei a ver os Morlocks ao meu redor, três golpeados aos meus pés, e então reconheci, com incrédula surpresa, que os outros estavam correndo, em um fluxo incessante, ao que parecia, surgiam de trás de mim e seguiam para a floresta em frente. E suas costas não pareciam mais brancas, mas avermelhadas. Enquanto eu ficava boquiaberto, vi uma pequena faísca vermelha flutuar por uma fenda de luz das estrelas entre os galhos e desaparecer. E com isso eu entendi o cheiro de lenha queimando, o murmúrio sonolento que agora transformava-se em um rugido raivoso, o brilho vermelho e a fuga dos Morlocks.

Ao afastar-me da minha árvore e olhando para trás, vi, através dos troncos negros das árvores mais próximas, as chamas do incêndio na floresta. Era minha primeira fogueira que vinha atrás de mim. Com isso procurei Weena, mas ela havia desaparecido. O assobio e o crepitar atrás de mim, o estrondo explosivo quando cada árvore pegava fogo, deixavam pouco tempo para reflexão. Com a minha barra de ferro ainda em mãos, segui no caminho dos Morlocks. Foi uma disputa acirrada. Em determinado momento, as chamas avançaram tão rapidamente à minha direita enquanto eu corria que fui bloqueado e tive de atacar pela esquerda. Mas finalmente saí em uma pequena clareira e, ao fazê-lo, um Morlock veio tropeçando em minha direção, passou por mim e atirou-se nas chamas!

E agora eu iria presenciar a coisa mais estranha e horrível de tudo o que vi naquela época futura. Com o reflexo do fogo, toda aquela área estava tão clara quanto o dia. No centro havia um morrinho ou túmulo, coberto por um espinheiro chamuscado. Mais adiante estava outro braço da floresta em chamas, com línguas amarelas já se contorcendo, circundando completamente o espaço como um anel de fogo. Na encosta havia cerca de trinta ou quarenta Morlocks, deslumbrados com a luz e o calor, e eles chocavam-se uns contra os outros em sua perplexidade. A princípio, não percebi sua cegueira e os atacava furiosamente com minha barra, em um frenesi de medo, quando se aproximavam de mim, matando um e machucando vários outros. Mas quando observei os gestos de um deles tateando embaixo do espinheiro contra o céu vermelho e ouvi seus gemidos, tive a certeza de seu absoluto desamparo e miséria no clarão e parei de bater.

No entanto, de vez em quando, alguém vinha em minha direção, desencadeando um terror trêmulo que me fazia fugir rapidamente. Houve um momento em que as chamas diminuíram um pouco, e temi que as criaturas horríveis pudessem me ver. Estava pensando em começar a luta matando alguns deles antes que isso acontecesse; mas o fogo estourou novamente com força e eu segurei minha mão. Caminhei pelo morrinho entre eles e os evitei, procurando algum vestígio de Weena. Mas Weena se fora.

Por fim, sentei-me no alto do morrinho e observei aquela estranha e incrível companhia de seres cegos tateando de um lado para outro e fazendo ruídos estranhos uns para os outros, enquanto o brilho do fogo os atingia. A onda crescente de fumaça cruzava o céu, e através dos raros rasgões daquele dossel vermelho, brilhavam as pequenas estrelas remotas como se pertencessem a outro universo. Dois ou três Morlocks vieram e esbarraram em mim e eu os afastei com vários golpes, tremendo enquanto fazia isso.

Durante a maior parte daquela noite, quis acreditar que tudo não passava de um pesadelo. Dei mordidas em mim mesmo e gritei em um desejo ardente de acordar. Bati no chão com minhas mãos, levantei e me sentei novamente, vaguei aqui e ali, e novamente me sentei. Então, esfreguei os olhos e clamei a Deus que me fizesse acordar. Três vezes vi Morlocks abaixarem a cabeça em uma espécie de agonia e correrem para as chamas. Mas, finalmente, acima do vermelho do fogo que se dissipava, acima das massas fluentes de fumaça preta e dos troncos de árvore que iam perdendo a cor e ficando pretos, e apesar do número cada vez menor dessas criaturas sombrias, veio a luz branca do dia.

Procurei novamente por vestígios de Weena, mas não havia nenhum. Estava claro que eles haviam deixado seu pequeno corpo na floresta. Não consigo descrever como me aliviou pensar que escapara do terrível destino a que parecia destinada. Ao pensar nisso, quase fui movido a começar um massacre das abominações indefesas ao meu redor, mas me contive. O morrinho, como eu disse, era uma espécie de ilha na floresta. De seu topo, eu podia agora distinguir através de uma névoa de fumaça o Palácio da Porcelana Verde, e a partir daí eu poderia me orientar para a Esfinge Branca. E então, deixando o resto dessas almas condenadas ainda indo de um lado para outro e gemendo, conforme o dia ficava mais claro, amarrei um punhado de ervas ao redor dos meus pés e sai mancando através de cinzas fumegantes e entre caules negros que ainda pulsavam internamente com fogo, em direção ao esconderijo da Máquina do Tempo. Andei devagar, pois estava quase exausto, além de coxo, e me sentia intensamente miserável pela morte horrível da pequena Weena. Parecia uma calamidade avassaladora. Agora, sentado aqui nesta antiga sala familiar, é mais como a tristeza depois de um sonho do que uma perda real. Mas naquela manhã, a morte de Weena me deixara absolutamente só de novo, terrivelmente só. Comecei a pensar nesta minha casa, nesta lareira, em alguns de vocês, e com tais pensamentos veio uma saudade que chegava a doer.

Mas, ao caminhar entre as cinzas fumegantes sob o céu brilhante da manhã, fiz uma descoberta. No bolso da calça ainda havia alguns fósforos soltos. A caixa provavelmente se abriu antes de cair.

CAPÍTULO XIII

A Armadilha da Esfinge Branca

Por volta das oito ou nove da manhã, cheguei à mesma cadeira de metal amarelo de onde havia visto o mundo na noite de minha chegada. Pensei em minhas conclusões precipitadas naquela noite e não pude deixar de rir amargamente de minha confiança. Aqui estava a mesma bela cena, a mesma folhagem abundante, os mesmos palácios esplêndidos e ruínas magníficas, o mesmo rio prateado correndo entre suas margens férteis. As vestes alegres dos graciosos Elóis moviam-se para cá e para lá entre as árvores. Alguns estavam se banhando exatamente no lugar onde salvei Weena, e isso de repente me causou uma pontada aguda de dor. E como manchas na paisagem ergueram-se as cúpulas acima dos caminhos para o Mundo Subterrâneo. Compreendia agora o que estava escondido por baixo de toda a beleza do mundo superior. Muito agradável era o dia deles, tão agradável como o dia do gado no campo. Como o gado, eles não conheciam inimigos e tinham quem lhes fornecesse provisões para as necessidades. E o fim deles foi o mesmo.

Fiquei triste ao pensar como o sonho da inteligência humana tinha sido breve. Ela havia cometido suicídio. Havia se fixado firmemente em direção ao conforto e comodidade, uma sociedade equilibrada com segurança e permanência como sua palavra de ordem, ela havia alcançado suas metas.... para chegar a isso. Em determinado momento, a vida e a propriedade devem ter alcançado segurança quase absoluta. Os ricos tinham certeza de sua riqueza e conforto, o trabalhador, de sua vida e trabalho. Sem dúvida, naquele mundo perfeito, não havia nenhum problema de desempregados, nenhuma questão social deixada sem solução. E seguira-se um grande silêncio.

É uma lei da natureza que negligenciamos, que a versatilidade intelectual é a compensação para mudanças, perigos e problemas. Um animal em perfeita harmonia com seu ambiente é um mecanismo perfeito. A natureza nunca apela à inteligência até que o hábito e o instinto sejam inúteis. Não há inteligência onde não há mudança e nem necessidade de mudança. Somente aqueles animais que têm de enfrentar uma grande variedade de necessidades e perigos é que compartilham a inteligência.

Então, a meu ver, o homem do Mundo Superior havia se reduzido à sua débil beleza, e o Mundo Subterrâneo à mera indústria mecânica. Mas aquele estado perfeito ainda precisava de uma coisa para a perfeição mecânica: a estabilidade absoluta. Aparentemente, com o passar do tempo, a alimentação do Mundo Subterrâneo, independente do motivo, tornou-se escassa. A Mãe Necessidade, que fora protelada por alguns milhares de anos, voltou e começou lá embaixo. Como os habitantes do Mundo Subterrâneo estavam em contato com as máquinas, que, embora perfeitas, ainda precisavam de alguma atenção fora da rotina, eles provavelmente conservaram forçosamente mais iniciativa, embora menos de todas as outras características humanas, do que o Mundo Superior. Por isso, quando outro alimento lhes faltou, eles voltaram ao que o velho hábito havia até então proibido. Portanto, foi assim que vi as coisas em minha última visão do mundo de 802.701. Pode ser a explicação mais incorreta que um mortal poderia inventar. Foi assim que essa ideia se formou em minha mente, e é assim que lhes apresento.

Depois das fadigas, excitações e terrores dos últimos dias, e apesar da minha dor, aquele assento, a vista tranquila e o sol quente eram muito agradáveis. Estava muito cansado, com sono e, pensando em minhas teorias, comecei a cochilar. Ao perceber o que estava acontecendo, obedeci ao pedido do meu corpo e estendi-me na relva para dormir um sono longo e revigorante.

Acordei um pouco antes do pôr do sol. Agora não havia perigo de ser surpreendido pelos Morlocks enquanto eu cochilava e, espreguiçando-me, desci a colina em direção à Esfinge Branca. Tinha minha barra de ferro em uma das mãos e a outra brincava com os fósforos no bolso.

Então aconteceu uma coisa inesperada. Ao me aproximar do pedestal da esfinge, descobri que as portas de bronze estavam abertas. Elas haviam deslizado para baixo em trilhos.

Com isso, parei diante delas, hesitando em entrar.

Dentro havia um pequeno compartimento e, no canto, em um lugar elevado estava a Máquina do Tempo. As pequenas alavancas estavam dentro do meu bolso. Então aqui, depois de todos os meus elaborados preparativos para o cerco da Esfinge Branca, estava uma rendição dócil. Joguei fora minha barra de ferro, quase com pena por não a ter usado.

Um pensamento repentino veio à minha cabeça enquanto me abaixava para entrar no portal. Pela primeira vez, pelo menos, compreendi as operações mentais dos Morlocks. Suprimindo uma forte vontade de rir, pisei na estrutura de bronze e fui até a Máquina do Tempo. Fiquei surpreso ao descobrir que havia sido cuidadosamente limpa e lubrificada. Tenho suspeitado desde então que os Morlocks a tenham desmontado, mesmo que parcialmente, enquanto tentavam, à sua maneira obscura, compreender seu propósito.

Naquele momento, enquanto eu me levantava e examinava, encontrando prazer apenas em tocá-la, o que eu esperava aconteceu. Os painéis de bronze subiram de repente e bateram na moldura com um estrondo. Eu estava no escuro... preso. Assim pensaram os Morlocks. Com isso, eu ri de contentamento.

Eu já podia ouvir suas risadas murmurantes enquanto eles vinham em minha direção. Com muita calma, tentei riscar um fósforo. Só tinha de fixar as alavancas e partir como um fantasma. Mas eu havia esquecido um detalhe. Os fósforos eram daquele tipo abominável que só acendiam riscando na própria caixa.

Vocês podem imaginar como toda a minha calma desapareceu imediatamente. Os pequenos brutamontes já estavam perto de mim. Um me tocou. Dei um golpe certeiro no escuro contra eles com as alavancas e comecei a subir no assento da máquina. Então veio uma mão sobre mim e depois outra. Eu simplesmente tinha de lutar contra seus dedos persistentes por minhas alavancas e, ao mesmo tempo, sentir os pinos sobre os quais elas se encaixavam. De fato, eles quase tiraram uma das alavancas de mim. Quando ela escorregou da minha mão, tive de bater com minha cabeça no escuro e pude ouvir o som da batida do crânio do Morlock. Consegui recuperá-la. Acho que esta última luta foi mais dura do que a que tive na floresta.

Finalmente, consegui fixar a alavanca e ativá-la. As mãos que me agarravam agora estavam escorregando pelo meu corpo. A escuridão logo desapareceu diante de meus olhos. Eu me vi na mesma luz cinzenta e no mesmo tumulto que descrevi inicialmente.

CAPÍTULO XIV

Visão de Futuros Distantes

— JÁ LHES FALEI SOBRE O MAL-ESTAR E A CONFUSÃO QUE ACOMPANHAM a viagem no tempo. E dessa vez eu não estava sentado direito na sela, mas de lado e em posição instável. Por um tempo indefinido, agarrei-me à máquina enquanto ela balançava e vibrava, sem prestar atenção para onde estava indo, e quando me obriguei a olhar novamente para os mostradores, fiquei surpreso ao descobrir onde havia chegado. Um mostrador registrava dias e outro indicava milhares de dias, o terceiro indicava milhões de dias e o quarto, milhares de milhões. Aconteceu que, em vez de inverter as alavancas, eu os puxei para ir em frente, e quando olhei para esses indicadores, descobri que o ponteiro dos milhares estava girando tão rápido quanto o ponteiro dos segundos de um relógio... na direção do futuro.

Enquanto eu dirigia, uma mudança peculiar ocorreu na aparência das coisas. O cinza palpitante ficou mais escuro; depois, embora eu ainda estivesse viajando a uma velocidade prodigiosa, a sucessão ofuscante de dia e noite, que geralmente indicava um ritmo mais lento, voltou e foi ficando cada vez mais marcante. Isso me intrigou muito no início. As alternâncias de noite e dia ficavam cada vez mais lentas, assim como a passagem do sol pelo céu, até que pareciam se estender por séculos. Por fim, um crepúsculo constante pairava sobre a terra, um crepúsculo que só era interrompido esporadicamente quando um cometa brilhava no céu escuro. A faixa de luz que indicava que o Sol há muito havia desaparecido; pois o sol tinha parado de se pôr, ele simplesmente subia e descia a Oeste, e tornava-se cada vez mais amplo e mais vermelho. Todos os vestígios da lua haviam desaparecido. O movimento circular das estrelas, cada vez mais vagaroso, dera lugar a furtivos pontos de luz. Finalmente, algum tempo antes de eu parar, o Sol, vermelho e muito grande, parou imóvel no horizonte, uma vasta cúpula brilhando com um calor morno, e apagando-se momentaneamente. Houve uma vez que brilhou com mais intensidade por um tempo, mas rapidamente voltou ao seu calor vermelho sombrio. Percebi, com essa desaceleração de sua subida e descida, que o movimento das marés havia deixado de existir. A terra entrara em repouso com uma face voltada para o Sol, como em nossa época a lua em relação à terra. Com muito cuidado, pois me lembrei de minha queda anterior, comecei a reverter meu movimento. Os ponteiros foram ficando cada vez mais lentos até que o ponteiro de milhares pareceu ficar imóvel e o de dias deixou de ser uma mera névoa em sua escala. Os ponteiros continuaram a ficar ainda mais lentos, até que os contornos escuros de uma praia deserta ficaram visíveis.

Parei suavemente e sentei na Máquina do Tempo, olhando em volta. O céu não estava mais azul. Na direção Nordeste, tudo era preto como breu, e estrelas brancas pálidas brilhavam intensamente e de forma constante na escuridão. Acima, era de um vermelho profundo e sem estrelas, e ao Sudeste ficava mais brilhante até ficar um vermelho brilhante onde, cortado pelo horizonte, estava o enorme disco do Sol, vermelho e imóvel. As rochas ao meu redor tinham uma forte cor avermelhada, e todos os vestígios de vida que pude ver no início eram a vegetação intensamente verde, que cobria todos os pontos salientes no lado Sudeste. Era o mesmo verde rico que se vê no musgo da floresta ou no líquen das cavernas: plantas que, como essas, gostam de crescer em crepúsculo permanente.

A máquina estacionou em uma praia em declive. O mar se estendia para Sudoeste, erguendo-se em um horizonte nítido e brilhante contra o céu pálido. Nem ondas, nem arrebentações, pois não havia nem um sopro de brisa. Apenas uma leve e viscosa ondulação como o subir e descer da respiração, mostrando que o mar eterno ainda estava se movendo e vivo. E ao longo da margem onde a água às vezes quebrava havia uma espessa incrustação de sal rosa sob o céu lúgubre. Senti uma sensação de opressão na minha cabeça e percebi que estava respirando muito rápido. A sensação me lembrou de minha única experiência com montanhismo e, por isso, achei que o ar devia estar mais rarefeito do que é agora.

Ao longe, subindo a encosta desolada, ouvi um grito rouco e vi uma coisa parecida com uma enorme borboleta branca, que se inclinava e voava para o céu e, circulando, desaparecia sobre algumas elevações do terreno. O som de seu grito era tão sombrio que estremeci e me sentei com mais firmeza na máquina. Olhando em volta de novo, vi que, bem perto, o que eu pensava ser uma massa de rocha avermelhada se movia lentamente em minha direção. Então eu vi que a coisa era realmente uma criatura monstruosa parecida com um caranguejo. Vocês conseguem imaginar um caranguejo tão grande quanto uma mesa, com suas muitas pernas movendo-se lentamente e suas grandes garras e longas antenas balançando, como chicotes de carroceiros, ondulando e tateando, e seus olhos brilhantes a me espiar em cada lado de sua carapaça metálica? Seu casco era enrugado e ornamentado com saliências feias, e havia também incrustações esverdeadas em alguns pontos. Eu podia ver os inúmeros palpos de sua complicada boca tremendo e sentindo o cheiro enquanto se movia.

Enquanto eu olhava para essa aparição sinistra rastejando em minha direção, eu senti cócegas na minha bochecha como se uma mosca tivesse pousado ali. Tentei afastá-la com a mão, mas em um instante ela voltou, e quase imediatamente veio outra na minha orelha. Bati nessa última e peguei algo semelhante a um fio que escorregou rapidamente da minha mão. Com um arrepio terrível, me virei e vi que havia agarrado a antena de outro caranguejo monstro que estava bem atrás de mim. Seus olhos maus se contorciam em suas hastes, sua boca estava cheia de apetite e suas garras enormes e desajeitadas, manchadas com uma gosma de algas, estavam caindo sobre mim. Em um instante minha mão acionou a alavanca e eu coloquei um mês entre mim e esses monstros. Mas eu ainda estava na mesma praia e os via claramente agora, assim que parei. Dezenas deles pareciam rastejar aqui e ali, na penumbra, entre as folhagens de verde intenso.

Não consigo descrever a sensação de desolação aterradora que pairava sobre o mundo. O céu vermelho ao Leste, a escuridão ao Norte, o sal do Mar Morto, a praia rochosa povoada por esses monstros asquerosos e de movimento lento, o verde uniforme de aparência venenosa das plantas liquenizadas, o ar rarefeito que feria os pulmões: tudo contribuía para um efeito terrível. Avancei uns cem anos e encontrei o mesmo sol vermelho, um pouco maior, um pouco mais opaco, o mesmo mar moribundo, o mesmo ar frio, e a mesma multidão de crustáceos terrestres rastejando por todos os lados entre as ervas daninhas verdes e as rochas vermelhas. E no céu a Oeste, vi uma linha curva e pálida como se fosse uma vasta lua nova.

Então viajei, parando sempre, em grandes intervalos de mil anos ou mais, atraído pelo mistério do destino da Terra, observando com uma estranha fascinação o Sol ficar maior e mais opaco no céu a Oeste, e a vida da velha terra declinando para o fim. Finalmente, mais de 30 milhões de anos depois, a enorme cúpula incandescente do sol havia ocultado quase uma décima parte do céu sombrio. Parei mais uma vez, pois a multidão rastejante de caranguejos havia desaparecido, e a praia vermelha, exceto por suas lívidas hepáticas e líquens, parecia sem vida. E agora estava salpicada de branco. Um frio cortante me pegou de surpresa. Flocos brancos raros desciam continuamente. Para o Nordeste, o brilho da neve estava sob a luz das estrelas no céu negro, e eu podia ver uma crista ondulada sobre as colinas na cor branca rosada. Havia franjas de gelo ao longo da margem do mar, com bancos de gelo à deriva mais longe; mas a extensão principal daquele oceano salgado, de cor avermelhada sob o pôr do sol eterno, ainda estava descongelada.

Olhei em volta para ver se restava algum traço de vida animal. Uma certa apreensão indefinida ainda me mantinha no assento da máquina. Mas não vi nada se movendo, na terra, no céu ou no mar. O limo verde nas rochas por si só testemunhava que a vida não estava extinta. Um banco de areia apareceu no mar e a água recuou da praia. Imaginei ter visto algum objeto preto sacudindo-se sobre esse banco de areia, mas ficou imóvel enquanto eu olhava para ele, então julguei que meu olho tinha sido enganado e que o objeto era apenas uma rocha. As estrelas no céu eram intensamente brilhantes e pareciam cintilar muito pouco.

Repentinamente, percebi que o contorno circular do Sol na direção Oeste havia mudado; que uma concavidade, uma baía, aparecera na curva. Percebi que se tornava cada vez maior. Por um minuto, talvez, tenha olhado horrorizado para essa escuridão que se aproximava do dia, e então percebi que um eclipse estava começando. A lua ou o planeta Mercúrio estava passando pelo disco do Sol. Naturalmente, a princípio pensei que fosse a lua, mas tenho razões para acreditar que o que realmente presenciei foi a passagem de um planeta interno muito perto da terra.

A escuridão crescia rapidamente, um vento frio começou a soprar em rajadas refrescantes do Leste, e a chuva de flocos brancos no ar aumentou. Da beira do mar veio uma ondulação e um sussurro. Além desses sons sem vida, o mundo estava em silêncio. Silêncio? Seria difícil transmitir a quietude do mundo. Todos os sons do homem, o balido das ovelhas, os gritos dos pássaros, o zumbido dos insetos, a agitação que faz parte de nossas vidas, tudo isso havia desaparecido. Conforme a escuridão se adensava, o turbilhão de flocos se tornava mais abundante, dançando diante de meus olhos e o ar frio ficou mais intenso. Por fim, um a um, rapidamente, um após o outro, os picos brancos das colinas distantes desapareceram na escuridão. A brisa se transformou em um vento lamurioso. Vi a sombra negra central do eclipse vindo em minha direção. Em outro momento, apenas as estrelas pálidas eram visíveis. Tudo mais era obscuridade total. O céu estava absolutamente negro.

Senti-me tomado pelo horror dessa grande escuridão. O frio que me atingia até a medula e a dor que sentia ao respirar me dominaram. Estremeci e uma náusea mortal se apoderou de mim. Então, como um arco em brasa no céu, apareceu a borda do Sol. Saí da máquina para me recuperar. Sentia-me tonto e incapaz de enfrentar a viagem de volta. Enquanto eu estava enjoado e confuso, vi novamente a coisa se movendo sobre o banco de areia; não havia dúvida agora que era algo em movimento, em contraste com a água vermelha do mar. Era uma coisa redonda, talvez do tamanho de uma bola de futebol ou um pouco maior, com tentáculos que saiam dela; parecia ser preta em contraste com a água turbulenta vermelha cor de sangue e pulava desajeitadamente. Em seguida, senti que estava perdendo os sentidos. Mas um terrível pavor de ficar indefeso naquele crepúsculo remoto e terrível me sustentou enquanto eu subia no assento da máquina.

CAPÍTULO XV

O Retorno do Viajante do Tempo

E, ASSIM, VOLTEI. DEVO TER PERDIDO OS SENTIDOS POR MUITO tempo sentado na máquina. A sucessão ofuscante de dias e noites foi retomada, o Sol ficou dourado novamente, o céu azul. Respirei com maior liberdade. Os contornos flutuantes da terra aumentavam e diminuíam. Os ponteiros giraram ao contrário nos mostradores. Por fim, vi novamente as sombras difusas das casas, as evidências da humanidade decadente. Estes também mudaram e passaram, e outros vieram. Agora, quando o ponteiro de milhões chegou a zero, diminuí a velocidade. Comecei a reconhecer nossa própria arquitetura bonita e familiar, o ponteiro de milhares voltou ao ponto de partida, a noite e o dia alternavam-se cada vez mais devagar. Então as velhas paredes do laboratório surgiram ao meu redor. Muito suavemente, diminuí a velocidade do mecanismo.

Vi um detalhe que me pareceu estranho. Acho que já lhes disse que, quando parti, antes que minha velocidade se tornasse muito alta, a sra. Watchett atravessou a sala, ao que me pareceu, como um foguete. Quando voltei, passei novamente naquele minuto em que ela atravessou o laboratório. Mas agora cada movimento dela parecia ser exatamente o inverso. A porta do fundo se abriu e ela deslizou silenciosamente pelo laboratório, vindo de costas, e desapareceu atrás da porta pela qual havia entrado anteriormente. Pouco antes disso, parece que vi Hillyer por um momento; mas ele passou como um relâmpago.

Então parei a máquina e vi novamente à minha volta o velho laboratório familiar, minhas ferramentas, meus equipamentos exatamente como os havia deixado. Desci tremendo muito e sentei-me no meu banco. Por vários minutos, tremi violentamente. Depois fiquei mais calmo. Ao meu redor estava a minha velha oficina novamente, exatamente como antes. Eu poderia ter dormido lá, e a coisa toda teria sido um sonho.

E, no entanto, não exatamente! Antes de partir, a máquina estava no canto sudeste do laboratório. Ela parou no lado noroeste, encostada na parede onde vocês a viram. Isso dá a vocês a distância exata do meu pequeno gramado até o pedestal da Esfinge Branca, para o qual os Morlocks carregaram minha máquina.

Por algum tempo meu cérebro ficou paralisado. Logo me levantei e atravessei o corredor até aqui, mancando, porque meu calcanhar ainda estava doendo e me sentindo muito abatido. Eu vi o *Pall Mall Gazette* na mesa ao lado da porta. Descobri que a data era de fato hoje, e olhando para o relógio, vi que eram quase 8 horas. Ouvi suas vozes e o barulho de pratos. Hesitei, me sentia muito doente e fraco. Então senti um cheiro agradável de carne e abri a porta para vocês. Vocês sabem o resto. Lavei-me, jantei e agora estou lhes contando a história.

CAPÍTULO XVI

Depois da História

— Sei — disse ele, depois de uma pausa, — que tudo isso é absolutamente inacreditável para vocês , mas para mim a única coisa inacreditável é estar aqui esta noite nesta velha sala familiar, olhando para seus rostos amigáveis e contando-lhes essas estranhas aventuras.

Ele olhou para o médico.

— Não. Não posso esperar que vocês acreditem nisso. Considerem isso uma mentira ou uma profecia. Digam que tive um sonho na oficina. Considerem que estive especulando sobre os destinos de nossa raça, até ter tramado esta ficção. Tratem minha afirmação de que tudo é verdade como um mero golpe de arte para aumentar seu interesse. Supondo que isso é só uma história, o que vocês acham?

Pegou o cachimbo e começou, com sua velha maneira costumeira, a bater nervosamente nas barras da lareira. Houve um silêncio momentâneo. Então as cadeiras começaram a ranger e os sapatos a alisar o carpete. Tirei os olhos do rosto do Viajante do Tempo e olhei em volta para seu público. Eles estavam no escuro, e pequenas manchas coloridas nadaram diante deles. O médico parecia absorto na contemplação de nosso anfitrião.

O editor estava olhando com atenção para o final de seu charuto ... o sexto. O jornalista estava atrapalhado com seu relógio de bolso. Os outros, tanto quanto me lembro, estavam imóveis.

O editor levantou-se com um suspiro.

– Que pena que você não é um escritor de histórias! – ele disse, colocando a mão no ombro do Viajante do Tempo.

– Você não acredita?

– Bem ....

– Eu sabia que não.

O Viajante do Tempo se virou para nós.

– Onde estão os fósforos? – perguntou.

Ele acendeu um e falou entre as baforadas do cachimbo.

– Para dizer a verdade ... custo a acreditar ... E, no entanto,...

Seus olhos indicaram uma indagação muda sobre as flores brancas murchas sobre a mesinha. Então ele virou a mão que segurava seu cachimbo e vi que ele estava olhando para algumas cicatrizes meio curadas nos nós dos dedos. O médico levantou-se, aproximou-se da lâmpada e examinou as flores.

– O gineceu é estranho – ele disse.

O psicólogo inclinou-se para ver e estendeu a mão para pegar a outra flor.

– Meu Deus do céu! São quinze para uma da manhã – disse o jornalista. – Como vamos voltar para casa?

— Há muitos táxis na estação — disse o psicólogo.

— É uma coisa curiosa — disse o médico; — Mas certamente não conheço a ordem a que pertencem essas flores. Posso ficar com elas?

O Viajante do Tempo hesitou. Depois ele disse, de repente:

— É claro que não.

— Onde você realmente as conseguiu? — perguntou o médico.

O Viajante do Tempo levou a mão à cabeça. Ele falava como quem tenta manter uma ideia que o iludiu.

— Elas foram colocadas no meu bolso por Weena, quando eu viajei no Tempo. — Ele olhou ao redor da sala. — Não estou nem aí se não vai tudo. Esta sala, vocês e a atmosfera do dia a dia são demais para a minha memória. Eu fiz uma Máquina do Tempo ou um modelo de Máquina do Tempo? Ou é tudo apenas um sonho? Dizem que a vida é um sonho, um pobre belo sonho às vezes, mas não suportaria outro que não se encaixasse. É uma loucura. E de onde veio esse sonho? ... Devo olhar para aquela máquina. Se é que ela existe!

Ele pegou a lamparina rapidamente e a carregou, com brilho vermelho, pela porta que dava para o corredor. Nós o seguimos. À luz cintilante da lâmpada estava a máquina com certeza, atarracada, feia e retorcida, uma coisa de latão, ébano, marfim e quartzo, brilhante e translúcida. Sólido ao toque, pois estendi minha mão e apalpei a grade, e com manchas marrons sobre o marfim, pedaços de relva e musgo nas partes inferiores e uma barra torcida. O Viajante do Tempo colocou a lâmpada sobre o banco e passou a mão ao longo da barra danificada. – Está tudo bem agora – ele disse. – A história que eu contei a vocês era verdadeira. Lamento ter trazido vocês aqui para o frio.

Ele pegou a lâmpada e, em silêncio absoluto, voltamos à sala de fumantes.

Ele veio conosco para o corredor e ajudou o editor a vestir o casaco. O médico olhou-o no rosto e, com certa hesitação, disse-lhe que estava sofrendo de excesso de trabalho, ao que o Viajante do Tempo respondeu com uma risada. Lembro-me dele parado na porta aberta, gritando boa-noite.

Compartilhei um táxi com o editor. Ele achava a história uma "mentira espalhafatosa". De minha parte, não consegui chegar a uma conclusão. A história era tão fantástica e inacreditável, mas a narrativa era tão confiável e sóbria. Passei a maior parte da noite acordado pensando nisso. Decidi visitar o Viajante do Tempo novamente no dia seguinte. Disseram-me que ele estava no laboratório e, sendo conhecido da casa, fui até ele. O laboratório, entretanto, estava vazio. Fiquei olhando para a Máquina do Tempo por um minuto, estendi a mão e toquei na alavanca. Com isso, a massa atarracada de aparência substancial balançou como um galho sacudido pelo vento. Sua instabilidade me assustou extremamente, e tive uma estranha lembrança dos dias infantis, quando era proibido de mexer nos objetos. Voltei pelo corredor. O Viajante do Tempo me encontrou na sala de fumantes. Estava chegando em casa. Ele tinha uma pequena câmera sob um braço e uma mochila no outro. Ele riu quando me viu e me deu o cotovelo para cumprimentar.

— Estou terrivelmente ocupado — ele disse — com aquela máquina.

— Mas não é uma farsa? — perguntei. — Você realmente viaja no tempo?

— Faço viagens reais, de verdade. — E ele olhou nos meus olhos com um olhar franco. Hesitei. Seus olhos vagaram pela sala. — Só quero meia hora — ele disse. — Sei por que você veio, e é muita gentileza de sua parte. Tem algumas revistas aqui. Se você ficar para almoçar, eu lhe mostrarei provas da minha viagem pelo Tempo, amostras e tudo mais. Você me daria licença agora, preciso deixá-lo por um instante?

Eu aceitei, sem compreender muito bem o significado de suas palavras, e ele acenou com a cabeça e continuou pelo corredor. Ouvi a porta do laboratório bater, sentei-me em uma cadeira e comecei a ler um jornal diário. O que ele iria fazer antes da hora do almoço? Então, de repente, ao ver um anúncio lembrei-me de que havia prometido encontrar o editor Richardson às duas. Olhei para o relógio e vi que não conseguiria chegar a tempo. Levantei-me e desci o corredor para avisar o Viajante do Tempo.

Ao colocar a mão na maçaneta da porta, ouvi uma exclamação, que estranhamente não foi concluída, um estalido e uma pancada. Uma lufada de ar girou ao meu redor quando abri a porta, e de dentro veio o som de vidro quebrado caindo no chão. O Viajante do Tempo não estava lá. Por um momento, parece que vi uma figura fantasmagórica indistinta sentada em uma massa giratória preta e bronze; uma figura tão transparente que atrás dela era perfeitamente possível ver a bancada com suas folhas de desenhos; mas esse fantasma desapareceu enquanto eu esfregava os olhos. A Máquina do Tempo havia sumido. Exceto por uma agitação de poeira que se dissipou, a outra extremidade do laboratório estava vazia. Um vidro da claraboia, aparentemente, tinha acabado de explodir. Senti um espanto irracional. Sabia que algo estranho havia acontecido e, no momento, não conseguia distinguir o que poderia ser. Enquanto eu olhava paralisado, a porta do jardim se abriu e o criado apareceu.

Olhamos um para o outro. Então as ideias começaram a voltar.

– O sr. .... saiu pelo jardim? – perguntei.

– Não senhor. Ninguém saiu pelo jardim. Eu esperava encontrá-lo aqui.

Então, compreendi. Correndo o risco de desapontar Richardson, decidi esperar o Viajante do Tempo; esperar a segunda história, talvez ainda mais estranha, e os espécimes e fotografias que traria com ele. Mas agora começo a temer que tenha de esperar a vida inteira. O Viajante do Tempo desapareceu há três anos. E, como todos sabem agora, ele nunca voltou.

Epílogo

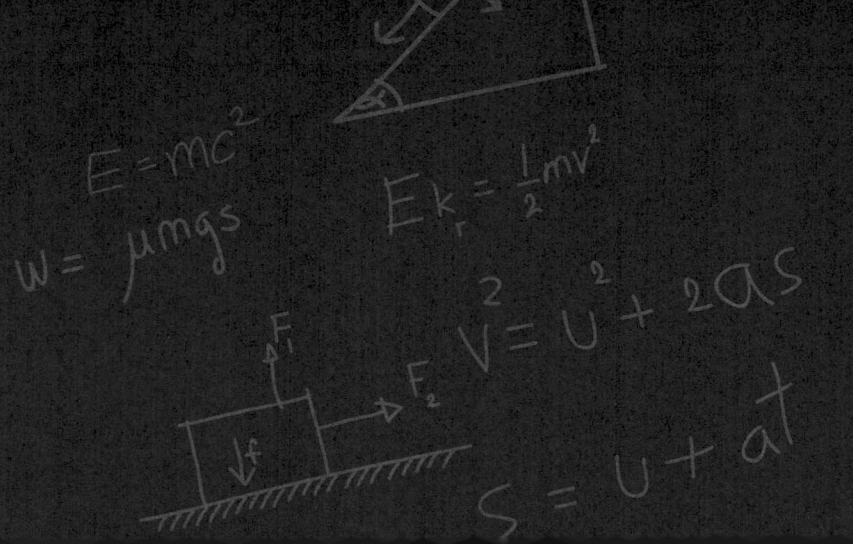

Não é possível escolher, apenas imaginar. Ele voltará algum dia? Pode ser que ele tenha voltado ao passado e caído entre os selvagens cabeludos, bebedores de sangue, da Idade da Pedra Lascada ou nos abismos do Mar Cretáceo. Ou ainda entre os grotescos sáurios, os enormes répteis brutos dos tempos jurássicos. Ele pode agora mesmo, se é que posso dizer assim, estar vagando em algum recife de coral oolítico assombrado por plesiossauros ou ao lado dos solitários mares salinos do Período Triássico. Ou talvez, tenha avançado para uma das idades mais próximas, em que os homens ainda são homens, mas com os enigmas de nosso próprio tempo respondidos e seus cansativos problemas resolvidos? Ou para uma época de virilidade da raça: pois eu, de minha parte, não posso pensar que estes últimos dias de experiências fracas, teoria fragmentária e discórdia mútua sejam de fato o momento culminante da humanidade! Repito, de minha parte. Ele, eu sei, pois já tínhamos discutido a questão entre nós muito antes da Máquina do Tempo ser construída, pensava, de modo sombrio, no Progresso da Humanidade, e considerava as crescentes conquistas da civilização apenas como um amontoado tolo que inevitavelmente cairia sobre seus criadores e os destruiria no fim. Se for assim, resta-nos viver como se não fosse. Mas, para mim, o futuro ainda é negro e vazio; é uma vasta ignorância, iluminada em alguns lugares casuais pela memória da história do Viajante do Tempo. E, para meu conforto, guardo comigo duas estranhas flores brancas, agora murchas, marrons, achatadas e quebradiças, para testemunhar que mesmo quando a inteligência e a força se acabaram, a gratidão e a ternura mútua ainda sobreviveram no coração do homem.